ZONA DE LANÇAMENTO

ESQUADRÃO SEVER
LIVRO 1

A.R. KNIGHT

UM

O COMANDANTE

Ele a chamou pelo nome errado. Duas vezes. Então Aurora puxou sua mão para trás e a lançou contra o rosto do cabeçadura. A pele ondulou como um terremoto a partir do ponto onde sua palma mordeu a bochecha dele. Os olhos dele se arregalaram e sua boca se contorceu em uma linha irregular, como se todos os nervos de sua cabeça não conseguissem compreender o que acabara de acontecer. Então ele caiu no chão. Atingiu o piso como uma bomba. Uma que mergulhou o refeitório em um silêncio ensurdecedor.

— Meu nome é Aurora. Grave bem isso — ela disse, embora o homem, pelo seu olhar vidrado, definitivamente não fosse se lembrar disso.

Aurora lançou a mesma ameaça por todo o salão. Um bando de novatos. Novos recrutas da DefenseCorp. Olhando para ela como se fosse um Gnarler, todo tentáculos e dentes. Estavam assustados. Como deveriam estar.

Aurora os observou, com os cotovelos nas mesas de aço. Bandejas cheias de sopa nutritiva. Os novatos eram de todas as cores, todos os tipos. Até mesmo alguns E.T.s na mistura.

Um trio de Casperianos esguios, suas finas membranas os tornando quase translúcidos.

A DefenseCorp deve estar expandindo seus horizontes. Fazendo marketing para espécies que não se reproduzem como coelhos, como os humanos. Convencendo-os de que dinheiro suado e um canhão grande valiam o risco de vida. Não era a pior mensagem.

Tinha funcionado com ela.

— Vocês viram o que aconteceu com esse cara aqui? — Aurora anunciou para o silêncio. — Ele não respeitou sua superior. Ele não me respeitou. E quando vocês não me respeitam, vocês não respeitam para quem trabalham. E se vocês não respeitam a DefenseCorp, é isso que acontece. — Ela apontou para o corpo no chão.

Outro motivo pelo qual ela gostava de trabalhar para a DefenseCorp? Esse cara decorando o chão bem ali. Nada daquele regulamento padrão do governo. Apenas a boa e velha sobrevivência do mais apto. Salários mais gordos também.

Aurora retomou sua caminhada. Deixou para trás o refeitório e a comida que ela não queria. Por mais divertido que fosse incutir medo nos novatos, ela só estava passando pelo refeitório a caminho de um lugar mais importante: a ponte de comando.

O cruzador classe Odin *Nautilus*. O lar de quase 200.000 pessoas. Feito do núcleo de um asteroide, escavado, refinado e enviado em jornadas para as partes mais perigosas e lucrativas da galáxia que a DefenseCorp pudesse encontrar. Onde quer que o caos plantasse suas sementes, a DefenseCorp aparecia pronta para matar e limpar, pelo preço certo. A empresa que a galáxia pagava para lidar com o trabalho sujo, limpar a bagunça.

Aurora olhou para seu bracelete enquanto caminhava –

um movimento fácil, já que estava parafusado em seu pulso esquerdo. Embutido, se você quisesse chamar assim. Dessa forma, não podiam ser perdidos. Dessa forma, as baterias, se necessário, poderiam recarregar com o próprio calor corporal. Aurora o mantinha funcionando em modo de baixa energia, não importava quanto tempo ficasse fora. Até morrer, de qualquer forma.

O bracelete piscava um alerta laranja para ela. Como vinha fazendo nos últimos dez minutos. O tempo que levara para Aurora ir de seus aposentos, passar pelo refeitório, nocautear o cabeça-dura e agora chegar aqui.

A ponte de comando do *Nautilus* era maior que a maioria dos estádios. Um espaço enorme, para uma enorme quantidade de oficiais. Scanners, computadores, grandes cúpulas para as pessoas se sentarem que forneceriam modelagem 3D de tudo o que estava acontecendo. Agora, no entanto, o *Nautilus* estava em trânsito. O que significava que a vista da frente da nave era toda negra, faíscas estreladas lavadas pelas luzes interiores branco-azuladas. À direita, uma nebulosa rosada brilhava. Bonita, se você tivesse tempo para esse tipo de coisa.

— Demorou bastante — disse o Comandante Deepak. O homem era alto. Ondulante em um traje de pele que ele nunca tirava. Que todos os comandantes da DefenseCorp tinham que usar como parte de sua patente. Ver isso fazia o uniforme padrão de tecido de Aurora coçar.

Um traje de pele fornecia os confortos usuais. Regulava a temperatura corporal de Deepak, matava venenos que chegavam à sua corrente sanguínea e, por acaso, parecia exatamente um uniforme carmesim elegante. A gola roçava a parte inferior do queixo de Deepak, um queixo escuro sem um micrômetro de pelo.

— Eu tentei correr, mas alguém ficou no meu caminho

— Aurora nem se preocupou em dar de ombros. Deepak sabia que qualquer obstáculo havia sido removido.

— Tudo bem — disse Deepak. — Eu te chamei porque há vinte minutos recebemos um SOS secreto. Cliente VIP, então é confidencial. Seu esquadrão está sendo retirado de nossa missão principal para lidar com esta, e estamos quase no ponto de lançamento. Seu esquadrão está pronto?

— Eu li a mensagem — disse Aurora. — Sever estará pronto para lançar no horário.

— E você? — replicou Deepak. — Está por dentro dos detalhes?

— É um padrão para o Sever, certo? — disse Aurora. — Entrar, causar todo tipo de inferno sangrento e depois sair?

— Com o cliente, sim — Deepak sorriu. — Um aviso, porém - você não terá extração. Não podemos atrasar nosso contrato principal.

Sem extração? Isso não parecia certo. Ocasionalmente, Sever fazia um lançamento e fuga. Mas isso apenas significava que a extração seria adiada. Sever se manteria firme, esperaria encoberto após completar a missão e eventualmente algum transporte ou outro apareceria e os levaria de volta para casa. Deepak não estava falando sobre isso, no entanto. Ela podia dizer pelo tom de sua voz, que tinha uma nota final.

— O que você quer dizer? — Aurora quase acrescentou *senhor*, mas isso não era o exército. Você não precisava chamar seus oficiais comandantes por títulos. Eles nem eram realmente oficiais. Apenas chefes.

— Significa que você tem que encontrar seu próprio caminho para fora do planeta — disse Deepak. — Este contrato é estritamente confidencial. Não podemos ter evidências de que a DefenseCorp esteve envolvida.

— Não será bastante evidente? Meu esquadrão não opera nas sombras.

— Você é a melhor, Aurora. É por isso que está recebendo esta missão. Você e Sever vão dar um jeito. Comprem uma nave, ou roubem uma. Vocês serão reembolsados.

E se não conseguissem?

Aurora não fez a pergunta, porque já sabia a resposta.

DOIS

HOMEM DEMOLIÇÃO

O problema com as simulações era que as bombas não pareciam reais. Sai recostou-se na cama. Olhou fixamente para a parede de sua cabine, uma placa de vidro preto que também servia como tela de computador, com as estatísticas se derramando. A mistura química que Sai desenvolveu não atingiu exatamente a temperatura necessária para cortar o aço duro. E se a detonação não conseguisse fazer isso, então toda a ideia era inútil. Ele levantou o punho, pronto para bater na mesa, e parou. Vamos lá. Bater nas coisas nunca resolveu o problema.

Bem, não os problemas de computador.

Sua cabine era metade cama, um quarto armário e um quarto tela. Sua cama encostava-se diretamente no brilho. Sai caiu de costas no colchão. Cobertores duros e ásperos. Um travesseiro. Quando esses não funcionavam, havia uma pequena saída de gás conectada à parede lateral. As pessoas tinham dificuldade para dormir em uma nave desse tamanho, com tanto barulho. Algumas respirações profundas da coisa boa e Sai apagaria até que o alarme do quarto, conectado à sua cama, o despertasse com um choque no momento certo. O gás também tendia a matar os pesadelos, um ponto positivo considerando a frequência com que as antigas missões do Sever se repetiam em seus sonhos. Não precisava ver a maioria delas novamente. Nunca.

Sai teria dado uma tragada ali mesmo, exceto que seu computador de pulso começou a piscar. Uma luz verde. Não era uma mensagem recebida, mas uma ordem. Pelo menos mais emocionante que dormir.

Sai se enrolou e girou em sua cama, deslizou as pernas para o lado e pressionou seu armário para abri-lo com a palma da mão na porta. A porta fina, pintada de vermelho-escuro, deslizou e revelou a armadura padrão da Defense-Corp. Placas de metal estriadas formavam o núcleo do traje. Desajeitado, mas as placas protegiam Sai de praticamente qualquer coisa. Dispersão de calor embutida para espalhar a energia quente de um laser ao redor de seu corpo e depois para fora. Eficaz o suficiente para que as únicas coisas que realmente pudessem ferir Sai fossem feixes concentrados ou facas de perto. Coisas que pudessem entrar entre aquelas placas.

A armadura compensava seu peso com propulsores presos aos pés, pernas, costas e braços. Cada movimento que Sai fazia recebia um impulso extra das engrenagens do traje, transformando Sai em uma espécie de super soldado, embora um que pudesse ser rapidamente inutilizado se sua tecnologia falhasse. Além disso, as malditas coisas realmente fediam depois de passar mais de algumas horas usando uma.

Mas aquela luz verde piscando não lhe dava escolha. Sempre que ele via aquilo, significava ir e ir com força.

Sai estendeu os braços e colocou uma mão em cada luva do traje. A armadura sentiu o gesto e saltou para frente do armário em sua direção. Nas três primeiras vezes que Sai fez isso, ele caiu de costas na cama, com a armadura desabando sobre ele. Nada digno e definitivamente desconfortável. Eventualmente, ele descobriu como firmar as pernas, como prender as várias peças da armadura para garantir que não perdesse o equilíbrio. Da mesma forma que aprendeu a atirar com uma arma. Da mesma forma que parou de ter medo.

A repetição tornou o incomum comum.

As placas de metal correram por seus braços e pernas. O traje se ajustou ao seu torso e antes que Sai tivesse chance de respirar, o capacete deslizou sobre sua cabeça. A viseira caiu sobre seus olhos e se iluminou. A armadura se conectou ao seu computador de pulso e, assim, todo o seu corpo se tornou um com o equipamento de assalto mais caro da galáxia.

Uma sobreposição apareceu na viseira sobre seus olhos. Leituras rápidas das operações do sistema. A condição do traje, seu nível de oxigênio, temperatura, pressão sanguínea.

Outra coisa também apareceu. O que Sai sempre procurava primeiro. Cinco de cinco. Todo o seu esquadrão se apresentando e entrando. Isso significava que não tinha sido um erro. O Esquadrão Sever havia recebido uma ordem.

Hora de agir.

Antes de deixar seus aposentos, Sai virou-se, uma tarefa difícil na armadura, e um movimento que quase o fez cair em sua própria cama. Ele se inclinou e apagou, com um gesto, os dados da bomba. Então olhou, brevemente, para o que preenchia a tela. Um vídeo. Uma transmissão direta para sua esposa, seu filho e filha. Obviamente não ao vivo - esse tipo de dados levava muito tempo para cruzar esses anos-luz - mas Sai o mantinha transmitindo o último trecho até que novas imagens chegassem. Ele voltaria ao início se Sai não tivesse nada novo para ver.

Os três estavam comendo na cozinha desta vez. Um

café da manhã de verdade, não a papa vitamínica que a DefenseCorp os alimentava aqui. Em torno de uma mesa circular de pedra branca - Maria havia comprado aquela com o último bônus da DefenseCorp de Sai - em uma casa que não tinha janelas de vidro. Selva ao ar livre deixando a estrela amarela do planeta espreitar lá de fora. Pacífico, calmo. Normal. Sai nunca tinha visto isso, e ainda assim vivia lá a cada minuto que passava neste quarto.

O vídeo tremulou, reiniciou do começo. Então Sai apagou isso também.

TRÊS

HORA DO MARTELO

Nunca ficava velho; marchar pelo corredor e ver todos os novatos e pessoas que não sabiam melhor pularem fora do seu caminho. Cada pisada fazia Gregor se sentir como um colosso, uma bola de demolição. Os benefícios do poder nunca tiveram evidência mais clara.

Gregor observava os painéis de ambos os lados enquanto se movia; metal estático quando ninguém passava, mas assim que havia movimento, os painéis se ligavam. Encontre-os com seus olhos e eles mostrariam suas ordens atuais. A rota mais rápida para seu destino. Qualquer outra coisa que você pudesse imaginar. É por isso que as pessoas ficavam nos corredores quando estavam entediadas. Você podia ver o que mais havia para fazer. Onde você precisava estar.

O que significava que Gregor tinha alvos. Enquanto andava, vestido em seu traje verde-acinzentado manchado, ele imitava explodir todos que passavam. Ocasionalmente dava um golpe, embora nunca chegasse a conectar. Todos ou gritavam, se abaixavam ou mergulhavam para fora do caminho.

— Gregor, controle-se — a voz de Aurora veio pelo sistema de comunicação de sua armadura. — Estou tentando vestir meu traje e meu comunicador está explodindo de reclamações. Não tenho tempo para essa merda.

— Tenho que manter minha reputação — Gregor respondeu.

A passagem através do *Nautilus* dos alojamentos do Sever até sua baía de ancoragem designada era curta. Cinco minutos ou menos de tempo de transição. Intencional. Então quando Gregor chegou, as portas deslizantes na baía o escaneando através de um olho vermelho no topo do portão, ele pausou por um momento, surpreso por ser o primeiro. Dentro da baía estava sua nave de transporte. Gregor viu a rampa de embarque já abaixada e percebeu que estava errado. Lá na cabine, relaxada e olhando fixamente para o nada, estava Eponi em seu traje vermelho-rosa. Imaginava que ela estaria aqui.

Eponi praticamente vivia naquela coisa.

O que, Gregor percebeu, ele provavelmente também viveria se pudesse. Eles não confiariam nele com algo como a nave de transporte, no entanto. Muitas armas. Seria muito fácil esquecer de voar com tantas coisas para brincar. A maioria das missões da DefenseCorp eram o que Deepak, o chefe deles, chamava de "ambientes ricos em alvos". Com toda a explosão, Gregor nem notaria alguém em seu encalço.

Sem nem pensar nisso, ele alcançou atrás de suas costas. Sentiu o cabo frio de metal de sua paixão. O martelo se estendia por mais de um metro de comprimento. Mais que capaz, com sua cabeça redonda, de esmagar portas de aço. Além disso, ele carregava uma bateria ativada por movimento que, após alguns balanços, poderia adicionar impulso suficiente para te jogar na estratosfera.

Alguém esbarrou nele, espremendo-se para passar.

— Você já tentou ser educado? — disse Gregor. O novato estava em seu traje azul-oceano. Pequeno, peculiar. O tipo de coisa que não assustaria nem uma mosca.

— Você já aprendeu a se mover? — O garoto respondeu.

Rovo, esse era o nome do novato. Gregor já tinha esquecido quem o garoto substituiu. Corpos iam e vinham. Se você sobrevivesse a algumas missões, talvez Gregor se importasse o suficiente para conhecê-lo. Talvez.

— Só para pessoas que merecem — Gregor respondeu.

— Entrem nessa nave, ou vocês vão merecer algo muito pior — a voz de Aurora veio de trás deles.

Gregor se virou e viu que ela não estava realmente olhando para ele. Ela tinha os olhos rolando as informações em seu visor como sempre. Monitorando o progresso do esquadrão. Seu traje preto e branco salpicado brilhava. Todas as suas armaduras começavam limpas e reluzentes, terminavam nojentas e crivadas de marcas de queimadura. Gregor sabia qual ele preferia.

Ver o garoto e Aurora ali parados, nem mesmo o observando, fez Gregor se contorcer. Não era como se Gregor quisesse estrangular sua comandante ali mesmo. Não era como se ele quisesse esmagar Rovo. Mas ao mesmo tempo, os ossos de Gregor estavam prontos. Uma vez que ele se deixava bem animado, ele precisava começar a bater, ou então tudo seria desperdiçado.

— Vamos cair logo? — disse Gregor.

Aurora olhou para ele. — Como eu disse. Você entra naquela nave, e nós vamos.

Gregor deu de ombros. Tudo bem. Ele se virou e subiu a rampa que levava ao interior lotado. Assentos cinza duros, redes de segurança e arneses. Etiquetas coladas ao redor detalhando procedimentos de emergência, embora todos soubessem que se você tivesse uma emergência em uma nave como esta, você provavelmente estaria morto. Pelo menos cada assento tinha uma alavanca ao lado que, se puxada para baixo, cortaria as conexões da rede para que pudessem sair em um piscar de olhos. Dar um último mergulho glorioso no céu se esta nave estivesse caindo.

Gregor só a puxou três vezes. Duas vezes foi até necessário.

Ele se sentou, prendeu-se. Olhou fixamente para o relógio de contagem regressiva. Três minutos. Cento e oitenta segundos para ranger os dentes e esperar.

QUATRO

PILOTO DE JOYSTICK

Ela acionou o freio de mudança com força, desviando o kart aquático para a direita e contornando a grande rocha de arenito no centro do percurso. A pedra era nova, um obstáculo que os proprietários devem ter colocado após a corrida sem fatalidades do ano passado.

Quase pegou Eponi de surpresa. E, a julgar pela nuvem de fogo em seu retrovisor, alguém não teve a mesma sorte.

Ela ainda tinha dois corredores à sua frente, seus karts aquáticos cortando a água enquanto cada um aproveitava o vento e as ondas para obter vantagem, seus micropropulsores mantendo-os logo acima da superfície.

Nenhuma chance de Eponi alcançá-los.

Não se ela jogasse pelas regras.

Uma barcaça flutuante, coberta pela plateia, se aproximava. Uma cúpula no topo exibia transmissões de vídeo da corrida capturadas por drones aéreos, mantendo as laterais da barcaça livres para visualização direta. A maioria estaria torcendo, bebendo, festejando — a corrida era um detalhe secundário.

O percurso, delimitado por boias luminosas em ambos

os lados, se dividia ao redor da barcaça. Pelo menos, a parte visível fazia isso. Eponi desligou seus micropropulsores, e seu kart mergulhou na água. A cabine de vidro a manteve seca enquanto ela afundava abaixo da superfície. Eponi desviou a energia para o ventilador traseiro para contrabalançar a resistência da água, acelerou e disparou pela corrente subaquática sob a barcaça flutuante. Antes de ultrapassá-la completamente, Eponi reativou os micropropulsores. Disparou para a superfície e saltou no ar logo do outro lado. Os dois corredores que estavam à sua frente agora mal ficavam para trás.

Eponi não podia ouvir os aplausos, mas tinha certeza de que os tinha merecido. Quanto aos outros dois karts, eles haviam esgotado o percurso para correr. As boias laranja-intenso que marcavam a linha de chegada estavam bem ali—

— Eponi?

A visão ficou turva. Então, o vídeo de seu capacete desapareceu, revelando o para-brisa transparente da nave de descida e, além dele, o casco externo estático da *Nautilus*. Sem corrida. Sem aplausos.

Apenas memórias.

— Pensando em outra coisa? — disse Rovo. O baixinho subiu até o cockpit ao lado dela. Um assento duplo. Aurora normalmente ficaria na frente com Eponi aqui, mas em um setor desconhecido? Era preciso alguém que pudesse falar não importa quem atendesse, mesmo que fosse um novato.

— Dias melhores — respondeu Eponi.

— Sério? Você não me conhecia naquela época. — A voz de Rovo era mais grave do que se esperaria de um homem de seu tamanho. Rouca. Talvez ele tivesse passado tempo demais em salas cheias de fumaça, talvez fosse lá que ele tivesse aprendido a falar todas aquelas línguas.

— Acredite em mim, a vida era muito boa antes de você aparecer nela — disse Eponi.

Mas Rovo estava certo. Não havia tempo para memórias. Não com o resto do esquadrão a bordo. Ou quase — Eponi viu Sai tropeçar ao entrar na baía. O homem estava sempre atrasado. Como ela, obcecado por outras coisas. Diferente dela, Sai mantinha suas memórias em seu quarto em vez de onde precisava estar. Amador.

No segundo em que o pé de Sai tocou a rampa, Eponi pressionou o botão para retraí-la. Fez Sai subir os degraus correndo. Talvez isso lhe ensinasse uma lição. Pelo menos a fez rir.

— Você poderia machucá-lo, fazendo isso. — Rovo realmente parecia preocupado. Como se se importasse.

O sentimento do novato era fofo, mas logo morreria.

— Se ele se machuca ao entrar na nave, a culpa é dele — respondeu Eponi. — Eu é que levo a culpa se decolamos atrasados. — Hora de mudar de assunto, fazer o novato se concentrar em coisas mais importantes. — Você sabe alguma coisa sobre para onde estamos indo?

A distração funcionou — os olhos de Rovo ficaram desfocados. Aquele olhar que ele tinha quando estava tentando se lembrar de algo.

— O mesmo que você — disse ele finalmente. — Nada.

— Um mundo chamado Dynas — disse Aurora ao entrar no cockpit. Ela ficou atrás dos dois, colocando suas mãos enluvadas nos encostos das cadeiras. — Um lugar úmido e musgoso. Muitos recursos naturais. Vida selvagem interessante. Vamos fazer uma busca e resgate, depois extrair.

— Só que não temos uma extração — disse Eponi. O briefing tinha dito pelo menos isso.

— Teremos que jogar de forma inteligente — disse Aurora. — Não queimar nossa nave de descida desta vez.

— Isso nunca funciona, e você sabe.

Há uma razão pela qual as naves de descida têm esse nome. Projetadas para levar um esquadrão para baixo, fornecendo fogo de cobertura e atuando como base até que você tenha feito o que precisava fazer. Na maioria das vezes, elas não conseguiam voltar. Na maioria das vezes, não eram destinadas a isso.

— Parece que você está duvidando de nós — disse Aurora. — Não há espaço para dúvidas no esquadrão.

— Eu não tenho dúvida alguma — disse Eponi. — Só estou sendo realista, comandante.

— Bem, nesse caso, pare de ser realista e comece a nos tirar daqui. — Aurora virou-se e voltou para onde o arnês a aguardava.

Eponi fez contato por rádio com a ponte. Recebeu a liberação e ativou, com um toque no console central, a sequência de partida. Atrás deles, grandes portas de metal deslizaram, abrindo-se. Ao mesmo tempo, à frente dela, a porta que levava para fora da baía de atracação e de volta à *Nautilus* se fechou. Então, uma barreira secundária desceu sobre ela. Sem chance de vácuo. Sem chance de algo dar errado.

Conforme as portas revelavam o espaço escuro, Eponi podia ver, através das câmeras traseiras da nave e emoldurado nas bordas, o exterior rochoso da *Nautilus*. Os restos do asteroide. Enquanto a estrutura da nave ficava dentro da rocha, o exterior volumoso havia sido mantido. A casca proporcionava uma boa blindagem. Até mesmo um camuflagem à primeira vista.

Os motores da nave de descida começaram com um suave zumbido, a bateria se esgotando para fazê-los girar. Eles superaqueceriam um tanque de combustível — um suprimento limitado, mais uma razão pela qual as naves de descida não eram feitas para sobreviver — e impulsionariam a nave para frente. Na parte inferior da nave, quatro micro-propulsores entraram em ação. Maiores que os dos karts, e capazes de fazer a nave saltar um metro para cima.

Eponi deslizou uma luva preta e verde sobre a armadura em sua mão esquerda e sentiu o formigamento quando minúsculos nódulos no tecido sinalizaram uma conexão com o computador em seu pulso. Ela ergueu a mão, tendo o cuidado de manter os dedos dobrados, até alcançar o nível dos olhos.

Rovo permaneceu quieto. Homem esperto.

Quando Eponi esticou os dedos, deixando a mão plana no ar, a luva piscou em vermelho e permaneceu nessa cor. Pronta para voar. Eponi moveu a mão para a direita, mantendo-a nivelada, e a nave começou a girar lentamente. Ela manteve a mão firme até que a nave ficasse de frente para o espaço sideral, uma volta completa de 180 graus. Então, com a mão direita, ela empurrou o acelerador para frente, lançando a nave.

Ela ficara maravilhada quando a DefenseCorp mostrou pela primeira vez a tecnologia para Eponi. Piloto virtual. Sem necessidade de agarrar o manche, sem necessidade de entrar em pânico se um fio se rompesse ou o manche travasse, ou se Eponi fosse arremessada e subitamente incapaz de alcançá-lo. Agora, desde que Eponi usasse a luva, ela se interligaria com a nave, e deixaria sua mão controlar a embarcação sozinha.

Se quisesse, Eponi poderia deixar a cabine. Poderia ir até o lado de fora e ainda assim pilotar a nave. Se ela tivesse essa luva, a nave seria como massinha em suas mãos.

Eles voaram para fora da *Nautilus*, em direção ao vazio negro do espaço. Negro exceto por um ponto verde, que estava ficando cada vez maior. Eles ainda tinham todo o impulso da *Nautilus* indo a toda velocidade. Embora agora que estavam se movendo perpendicularmente, o cruzador rapidamente diminuía de tamanho. Mesmo uma coisa enorme como aquela desaparecia rápido quando eles estavam se movendo a milhares de quilômetros por hora. Deepak fora gentil o suficiente para desacelerar a grande nave o máximo que pôde, e agora a maior parte do combustível de Eponi seria gasta para reduzir a velocidade da nave de desembarque a um nível que pudesse lidar com a atmosfera sem se despedaçar em um bilhão de pedaços.

— Dynas — disse Rovo. — Nunca ouvi falar desse planeta.

— Se você nunca ouviu falar, então eu com certeza também não — respondeu Eponi. Não necessariamente verdade, mas se um mundo não estava no circuito de corridas, Eponi não precisava saber que existia. Pelo menos não até agora.

Na frente dela, na altura dos joelhos, o console central mudou. Um mapa da região em Dynas para onde eles deveriam ir. Possíveis zonas de pouso apareceram em amarelo. Não mais do que alguns quilômetros de distância uma da outra, o que significava um objetivo definido. Pelo menos a área era restrita. Ela odiava quando lhe davam um continente para escolher.

— Um VIP secreto? — disse Eponi. — Quem você acha que é esse cara? Algum investidor rico? Um político?

— Se eu não conheço um planeta, é porque é um fim de mundo. É porque ninguém conhece — disse Rovo. — O que significa que se estamos indo para lá, com tão pouco aviso, alguém realmente fez besteira. E, para a DefenseCorp se importar, é realmente rico.

CINCO

O DIPLOMATA

Havia palavras demais. E quando se contavam todos os idiomas, isso só multiplicava o número. O que significava que Rovo tinha muito o que aprender.

Ele tentava, também. Mesmo ali, sentado ao lado de Eponi na cabine de pilotagem, por trás da lente de seu visor, Rovo se debruçava sobre o próximo: Caspariano. Mais uma série de tons e inflexões do que palavras propriamente ditas. Uma vez que você descobria como enrolar a língua *exatamente assim*, não era tão difícil de entender. Incrível, realmente, o que aquela espécie podia fazer com o som. A humanidade, com sua enorme confusão de dialetos - mesmo que o Comum tivesse esmagado todas as outras línguas a essa altura - poderia aprender uma coisa ou duas.

Mas, pensando bem, talvez ele devesse prestar atenção. Eponi estava dizendo algo. Quando Rovo piscou para afastar a sobreposição da lente, viu que um tom azulado havia tomado conta de seu console. Transmissão recebida. Fora da janela frontal, o que havia sido o ponto verde de Dynas agora tinha crescido enormemente. Agora preenchia a maior parte do para-brisa.

— Ei, você pode atender isso? — Eponi estava dizendo.

— Talvez. E se eu não atender? — Rovo respondeu.

— Eu vou chutar sua bunda. Depois a Aurora vai fazer o mesmo, e então o Gregor vai terminar o serviço.

Rovo sabia que Eponi não podia ver seu rosto, mas ele o contorceu mesmo assim. A ideia de Gregor lhe dando uma surra? Não, obrigado. Então ele pressionou o console. Encarou o rosto estranho que de repente olhava de volta para ele.

Era humano, sem dúvida. Mas não apenas isso. O homem estava manchado de verde e preto, como se tivesse sido injetado com mofo. Embrulhado e deixado para apodrecer por um tempo. Depois retirado, vaporizado e untado com óleo. Não era uma imagem atraente.

— Registramos sua aproximação — disse o homem, sua voz aquosa, como se estivesse com um resfriado forte. — Qual é o seu propósito em Dynas?

— Só estamos de passagem — disse Rovo. — Queríamos ver os pontos turísticos.

Havia alguns planetas, aqueles com centros urbanos, com grandes maravilhas naturais. Lá você poderia fingir ser um turista. Você poderia demonstrar um afeto real e genuíno pelo planeta e pousar sem muita confusão. Um lugar como Dynas? Rovo verificou os scanners, nenhum tráfego de naves visível. Dynas era um lugar para onde você ia por um motivo, e Sever não tinha um bom.

— De que pontos turísticos você está falando? — O homem disse.

— Bem, que pontos turísticos vocês têm? — Rovo respondeu. Ele tinha uma responsabilidade naquele momento: manter as pessoas falando. Mantê-las confusas, desequilibradas. Então, uma vez que Eponi levasse a nave abaixo de quaisquer defesas, ele poderia lançar quantos insultos quisesse.

Realmente, não era o pior trabalho.

— Solicito que vocês deem meia-volta e abandonem sua rota.

— Não temos combustível para fazer isso — disse Rovo. — Vocês têm um lugar onde possamos pousar? Recarregar?

Não que a nave de desembarque pudesse obter energia suficiente para realmente levá-los a outro mundo. Além dos motores, a nave operava com baterias, que só podiam ser recarregadas com a infraestrutura adequada. Uma coisa que Rovo não acreditava que Dynas tivesse, pelo que parecia.

Nos consoles, leituras surgiram à medida que os sensores da nave de desembarque se estendiam. Picos de energia, calor. Essas sobreposições apareceram no visor frontal. E eram poucas. Quaisquer assentamentos que Dynas tivesse, eram pequenos ou muito bem disfarçados.

— Seus problemas não são nossos problemas. Deem meia-volta, ou nos defenderemos.

— Parece que você e eu não estamos nos entendendo. Você tem um gerente? Alguém mais com quem eu possa falar? — disse Rovo. Ele silenciou seu lado da chamada, pressionou o transponder do traje - já conectado à frequência de curto alcance do esquadrão. — Ei, pessoal, preparem-se. Parece que teremos uma entrada turbulenta.

— Nós sempre temos entradas turbulentas — disse Eponi.

— Não minta — disse Rovo, depois de ter soltado o transponder. — Você gosta delas.

Eponi não disse nada, mas Rovo apostaria tudo o que tinha que ela estava sorrindo sob aquela armadura.

Dynas e seu verde nebuloso preenchiam tudo o que podiam ver. A nave começou a tremer ao atingir a atmosfera e o ar pesado nela. Rovo agarrou as alças, então percebeu que na verdade não tinha encerrado a chamada. Do outro lado, o homem de aparência estranha gritava com eles, sua boca manchada abrindo e fechando, e seu rosto vermelho. Se é que era possível, parecia ainda mais nojento do que antes.

Rovo tocou a tela mais uma vez. Pensou que haveria uma oportunidade de marcar um último insulto.

— Vocês vão morrer. Estão me ouvindo? Cada um de vocês. — O homem encerrou a chamada.

Rovo nem conseguiu dar seu golpe. Teria que entregá-lo pessoalmente.

POUSO MOLHADO

Aurora ouviu o alerta de Rovo e respondeu por hábito:

— Preparem e soltem.

Três Severs estavam sentados atrás em cintos de segurança para colisão, e cada um apertou um pequeno botão sob sua mão direita. O teto da nave continha telas suspensas penduradas em barras de metal. Os displays giraram bem na frente dos rostos dos Severs, cada um perfeitamente alinhado graças a microcâmeras medindo o nível dos olhos. Cada tela virou para mostrar a alimentação de um canhão. Dois na parte inferior - divididos na proa e na popa da nave - e um no topo, todos carregados e prontos para disparar.

O de Aurora se encaixou primeiro, dando-lhe o canhão inferior voltado para frente. Mostrava o mundo de névoa tempestuosa e amarelo-acinzentada embolorada em que estavam descendo à medida que a nave descia cada vez mais. Nada aparecia em seus sensores. Quem sabia se Dynas tinha algum tipo de defesa, mas a sobrevivência ditava agir como se o planeta estivesse eriçado de morte.

— Estou captando uma assinatura térmica, parece uso de energia — disse Eponi através de seus transmissores. —

Vou pousar em cima disso. Acho que é um lugar tão bom quanto qualquer outro.

— Só não nos mate — disse Sai.

— Eu faço isso alguma vez?

— Algum sinal de ameaças? — Aurora disparou. Ela não tinha problemas com a conversa da equipe, desde que não distraísse em um momento perigoso.

— Não — respondeu Eponi, mas sua voz se arrastou mesmo enquanto falava. — Espere... vindo por trás. Um par de esquifes classe Darter.

Esquifes? Se eles voavam em naves abertas como essas aqui, então Dynas tinha uma atmosfera densa. Respirável. Esquifes também significavam que Dynas não entendia com quem estava lidando. Claro, não ter um casco blindado ou para-brisa poderia proporcionar vistas bonitas, mas também tornava um alvo fácil. Não dava para proteger espaço aberto. Aurora teria adorado disparar alguns tiros e liberar os nós apertados que sempre se formavam em seus músculos no início das missões, mas Gregor tinha o canhão traseiro e a primeira chance de salpicar a névoa de Dynas com os pedaços do inimigo.

A nave de desembarque não tremeu quando Gregor disparou seu canhão, uma falta total de retorno que Aurora já deveria estar acostumada a esta altura. Sem projéteis, como nos modelos antigos, então sem recuo. Apenas um zumbido. O gemido de uma bateria se esgotando.

Como a batalha ia, os lasers faziam toda a coisa parecer artificial, como se estivessem jogando um jogo. Aurora sabia que esse sentimento desapareceria com a primeira baixa mostrando o que o impacto direto de um laser poderia fazer a uma pessoa, mas o fogo de Gregor não entregou essa absolvição.

— Eles estão dividindo a aproximação. Levemente

armados — disse Gregor após sua salva inicial. — Vejo dois canhões em cada um, montados na proa e na popa. Já neutralizei o canhão frontal do meu.

— Só porque seu piloto não sabe como se esquivar — acrescentou Sai. — O meu pelo menos entende o conceito.

A névoa espessa se rompeu quando Eponi fez a nave subir. Um verde profundo e exuberante apareceu, capturado pelas luzes da nave de desembarque, que Eponi ligou quando as nuvens, agora acima, consumiram a maior parte da luz estelar que ousava chegar tão longe. Se Aurora tivesse que adivinhar, a razão pela qual Dynas tinha vida era devido à sua atmosfera que retinha calor, fervendo lama biológica de qualquer coleção de rochas infelizes que colidiu para formar Dynas em primeiro lugar.

— Fiquem de olhos abertos para defesas terrestres — disse Eponi.

A nave estremeceu quando Eponi terminou. Algo estourou e fumaça inundou a cabine. Não, não era fumaça. Era névoa de fora.

— O que foi isso? — Aurora disparou.

— Os esquifes — respondeu Sai. — Não os canhões principais. Algo estranho. De rifles portáteis. Meu palpite, drones teleguiados com explosivos acoplados. Podemos nos mover mais rápido?

— Isso é uma nave de desembarque, Sai. Estamos basicamente caindo. — O sarcasmo atrevido desapareceu da voz de Eponi, sinalizando uma piloto focada em seu voo.

O que significava uma situação séria. Aurora cortou seu próprio impulso de pedir detalhes a Eponi - uma das partes mais difíceis de liderar os Sever estava em confiar na equipe, resistindo ao impulso de questionar cada ação deles, pedir e aprovar cada detalhe.

— O segundo esquife está passando por cima! — gritou Gregor.

Aurora não precisava ouvir mais. Sua tela de visualização piscou em amarelo brilhante no canto superior esquerdo; os scanners da nave indicando um alvo. Aurora usou seus olhos, arrastando-os para a posição do alvo. O movimento mirou o canhão, e ela olhou de volta para aquela névoa. Esperou. O contato entre os olhos de Aurora e a tela manteve a alimentação ativa, o canhão preparado.

Uma longa sombra escura cortou a tela. Aurora piscou ambos os olhos e o canhão disparou um raio verde brilhante no éter. Aurora piscou de novo e de novo e de novo, enviando tiros em direção à forma, que se transformou em uma bela rosa laranja e vermelha.

Esquife abatido.

— Cuidei disso — disse Aurora.

Mas a névoa continuava fluindo para dentro da nave de desembarque. Aurora não conseguia ver o buraco, e soltar o cinto durante um cenário potencial de pouso forçado colocaria Aurora do lado errado de todos os guias da DefenseCorp. E do bom senso - a nave de desembarque ainda continuava fazendo aquilo para o que fora feita: desembarcar. A nave não teria que aguentar por muito mais tempo.

— Desculpe, Sever, parece que aquele tiro destruiu meu líquido de arrefecimento. Os motores estão superaquecendo. Vamos descer aqui porque, uh, caso contrário, todos nós vamos ser cozidos — disse Eponi. — Preparem-se para um pouso molhado.

Aurora apontou seu canhão para baixo a tempo de ver enormes galhos, árvores e trepadeiras agarrarem a nave e a engolir. A transmissão do canhão se manteve, então tremeu e escureceu. A nave se encheu de rugidos, destroços e rasgos enquanto os Sever sacudiam em seus assentos. Assentos que não quebraram, porque a DefenseCorp parafusava cada cadeira da nave de descida ao chão com metais pesados. Feitos para suportar um impacto e impedir que um objeto afiado perfurasse o piso e ferisse seu ocupante.

Aurora já havia passado por muitas quedas, um risco padrão nesse tipo de trabalho, mas a maioria tinha sido em terra. Uma em uma praia, como parte de um resgate em um resort tomado por turistas alienígenas descontentes. Mas nenhuma em um pântano. Então, quando a nave bateu na água, saltou para frente e se acomodou em uma mistura nociva de água viscosa e gases terríveis, Aurora teve um novo candidato a pior lugar de todos. Ela se soltou, verificou as leituras de energia em sua armadura — tudo verde — e se dirigiu para as laterais da nave que se abriam. A água do pântano teve a mesma ideia, inundando a nave para receber Aurora com uma imundície espumante.

— Saiam! — Aurora disse as palavras que ninguém precisava ouvir. Gregor e Sai, seguindo-a, se apressaram pela porta aberta no casco esquerdo, ampliada graças a uma árvore agora caída que dera seu golpe final através da lateral da nave de descida.

Eponi e Rovo já haviam evacuado, tendo saído pelo para-brisa estilhaçado da cabine. Rovo olhava para o céu, procurando por mais esquifes, enquanto Eponi se inclinava de volta para a cabine, batendo nos botões. O protocolo dizia que seria melhor desligar os sistemas da nave de descida, drenar as baterias no caso de um pouso brusco para evitar coisas ruins como saqueadores inimigos e explosões aleatórias.

— O que aconteceu? — Aurora gritou para Eponi quando a piloto se acomodou de volta no nariz da nave de descida. — Você não fez o impacto parecer sério?

— Seja lá o que eles atiraram em nós — Eponi

respondeu — continuou agindo. Perdi os sistemas um por um. Tive que nos derrubar rápido ou teríamos atravessado essas árvores.

Aurora olhou para o pântano desolado que se estendia até onde podia ver, o que, dadas as condições escuras e nebulosas, não era muito longe. Seus atacantes, quem quer que vivesse em Dynas, não estavam procurando por visitantes. Estavam prontos para matar para manter seu mundo quieto, mas haviam perdido sua chance.

Os Sever não lhes dariam uma segunda.

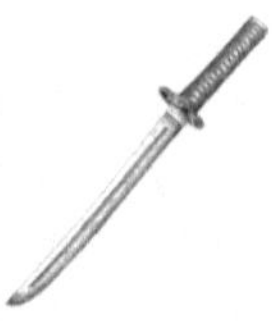

SETE

CRIATURA DO PÂNTANO

Um esgoto. Era assim que este planeta parecia, e Sai estava nele há apenas um minuto. A névoa descia em grandes lençóis verde-acinzentados, uma névoa pegajosa cobrindo sua armadura, entupindo as aberturas de respiração e enviando seu odor pútrido para o nariz de Sai. Os filtros eliminariam qualquer coisa nociva, mas os cheiros podiam permanecer. Sai gostaria de socar qualquer engenheiro que provavelmente declarou, com voz cheia de diplomas presunçosos, que manter os cheiros poderia ser útil. Poderia ser um aviso.

Sai não seria de muita utilidade se continuasse tossindo assim.

Gregor colocou seu punho blindado nas costas de Sai enquanto os dois estavam parados na lateral da nave de desembarque. Se Sai não desse um passo logo, o peso de Gregor dizia, o homenzarrão o empurraria para o pântano. Dynas não tinha gravidade esmagadora, mas o peso de Sai, com a armadura, seria suficiente aqui para arrastá-lo para as profundezas. Onde, naturalmente, o traje o deixaria respirar. Mas se as coisas estavam tão feias aqui em cima, imagine como seriam debaixo daquela gosma verde-amarelada?

— Estou me movendo — disse Sai, mantendo a voz no canal do esquadrão. — Acalme-se.

— Não estou animado — respondeu Gregor. — Estamos vulneráveis aqui em cima.

Se as naves pudessem vê-los através da névoa, já estariam mortos, mas Sai não discutiu. Em vez disso, ele deu o primeiro passo para baixo. Saiu da nave e pisou no que parecia ser uma rocha lamacenta. Seu pé atingiu o material e afundou. A bota de metal desceu, e sua perna seguiu até o joelho antes de Sai atingir algo não exatamente sólido, mas espesso o suficiente para suportar seu peso.

— Cuidado — disse Sai. — O chão gosta de comer pessoas.

Os outros o seguiram, embora Sai tenha notado que eles se mantiveram andando na própria nave. Ficaram em suas aletas e casco flutuante. Ele sentiu os olhos deles sobre si. Esperando para ver se ele desaparecia. Se ele se tornava uma baixa, uma estatística.

Idiotas, todos eles.

Ele ouviu Aurora começar a falar com Eponi e decidiu dar um segundo passo, deixando a nave completamente e chapinhando na gosma. Depois um terceiro, embora a lama sugasse suas pernas, forçando uma cadência de puxões e sons de sucção.

Seus respiradores confirmaram a atmosfera respirável, cinco vezes mais densa que a da Terra. Úmida e encharcada. Tanto que, se ficassem na superfície por muito tempo, seus trajes enferrujaria.

— Sai, o que você está fazendo? — Aurora soava como uma corda esticada, a um puxão de se romper. — Você sabe para onde está indo?

— Protocolo padrão — respondeu Sai. — Afastar-se de uma nave acidentada após o pouso.

— Como você deve ter notado, isso não é padrão — disse Aurora, e então pareceu se conter. — Mas Sai tem razão. Eponi, você sabe para onde devemos ir? Onde fica a estação para a qual você estava indo?

Eponi, de pé no nariz da nave, apontou para a distância, à esquerda de Sai. Pelo que Sai podia dizer, até onde a bússola do traje lhe informava, a direção de Eponi ia para o norte.

Uma bússola funcional era um milagre - seja porque a DefenseCorp economizou nelas ou porque Sever conseguiu evitar planetas com polaridade magnética, as pequenas setas vermelhas e brancas se mostravam mais inúteis do que úteis em suas missões. Aqui, com visibilidade de talvez dez metros, qualquer navegação distante seria feita por métodos não visuais. De qualquer forma, a direção escolhida não correspondia para onde Sai estava se arrastando.

Sai se virou, balançou as pernas através da lama. Deu um passo à frente. Sua perna esquerda oscilou. Deslizou para trás. Algo agarrou seu pé. Um puxão constante, sem solavancos. Puxando Sai mais fundo na lama.

— Algo me pegou! — gritou Sai. Ele se contorceu, mas a única coisa que podia ver era aquela maldita névoa, a lama borbulhante e pegajosa.

Sua mão esquerda tateou a pistola laser em seu quadril. Agarrou-a, girou e quase puxou o gatilho. As regras padrão da DefenseCorp diziam para não atirar sem uma visão clara do alvo - danos colaterais custavam dinheiro e saíam do salário de Sever.

A mão direita de Sai tocou seu capacete, pressionando contra sua têmpora, e o visor mudou do padrão para infravermelho. Os verdes mostarda desvaneceram para um azulenegrecido, exceto pelo seu próprio calor e o da criatura que o atacava. A coisa havia se enrolado em seu pé, grande e turbulenta.

Sai pode ter gritado.

— Gregor — Aurora respondeu ao pânico de Sai com uma solução. Se Sai tivesse que escolher uma característica sobre a comandante que explicasse por que Aurora ocupava a posição, seria esta: quando a corda apertada que mantinha seu controle se rompia, ela se tornava gelo afiado, fria e implacável. — Pule.

— Sim. — Gregor, em seu traje preto e prata, alcançou acima de sua cabeça e pegou seu martelo. Puxou-o, preparando-o em ambas as mãos.

— Espere! — Sai começou, esperando ter uma chance de escapar do desastre iminente, mas era mais fácil parar um cometa do que deter o ataque de Gregor.

O homem monstruoso se agachou e saltou. Todos os trajes vinham com almofadas de impulso nas solas das botas. Se necessário, elas podiam fornecer uma microrrajada de força descendente sugando energia das baterias do traje carregadas pelo movimento. Adicionavam dois a três metros extras em um salto ou mais com impulso.

O impulso deu a Gregor a altura para cair além de Sai, liderando com seu martelo. Gregor dirigiu a arma através da lama, seguido por seu dono. Sai não pôde dizer o que aconteceu, porque uma parede de lodo o atingiu.

Uma gargalhada louca encheu o comunicador.

Sai voltou para a visão padrão, limpou a sujeira e olhou fixamente para sua armadura. Antes verde-esmeralda, Sai agora tinha uma camuflagem perfeita e fedorenta. Nenhum metal à vista.

Não que Sai tivesse muito tempo para pensar sobre o pesadelo de limpeza que o aguardava. Rovo e Aurora anunciaram sua chegada à luta com rajadas de laser amarelo chamuscando a gosma à frente de Sai, a coisa que Gregor havia golpeado com seu martelo emergiu das águas.

Uma coisa que continuava a se erguer. Até que ficou mais de três vezes mais alta que o próprio Sai. Parecia injusto que algo tão feio fosse tão alto. Como se a lama tivesse repentinamente ganhado vida, e trazido consigo a imundície, galhos e pedras para a senciência. Pedaços se quebravam e se desprendiam da criatura, espirrando na água do pântano ao redor de Sai.

— Ela tem tentáculos — disse Rovo, chapinhando ao lado de Sai. — Porque é claro que tem.

Cinzentos e manchados, cobertos com pontos de mofo, os tentáculos tremiam enquanto a coisa crescia para fora do pântano. Eles se estendiam ao longo dos lados da criatura, e Sai contou pelo menos dez, possivelmente mais, com as extremidades desaparecendo abaixo da superfície. Sai procurou por uma boca. Por olhos. Não encontrou nenhum.

Este monstro era uma enorme massa disforme, aparentemente determinada a transformar o Esquadrão Sever em sua próxima refeição.

OITO

HORA DO TENTÁCULO

Gregor riu. Balançou a cabeça diante da visão da criatura e riu ainda mais. Ele não esperava encontrar esse tipo de entretenimento aqui, tão longe de qualquer zona de combate ativa, em uma longa patrulha da DefenseCorp dada a Sever e à *Nautilus* como uma espécie de folga. E lá estava ele, cara a cara com algo que nunca tinha visto, nunca ouvido falar.

O monstro era nojento. Uma bagunça viva.

E muito esmagável.

Sua viseira, revestida com uma película super escorregadia, lavava a lama que grudava em todas as outras partes dele. Gregor teve que se esforçar duas vezes para puxar seu martelo da sujeira em que havia ficado preso após sua marretada. Tudo bem. Ele preferia ter que trabalhar por sua diversão.

Segurando seu malho nas mãos, Gregor encarou a bolha. Procurou um ponto fraco. Não encontrou nenhum, o que significava ir direto para frente.

— Liberado para entrar? — disse Gregor.

— Liberado — respondeu Aurora um momento depois,

sua voz chegando clara através da comunicação de seus trajes.

Eles deram a Gregor uma pausa em seu fogo laser. As armas de assalto de Sever superaqueceriam uma fera de lama como esta e a transformariam em uma massa fervente de merda. Antes que isso acontecesse, Gregor queria dar suas marretadas. Ele bombeou duas vezes os calcanhares, ativando as almofadas de impulso em suas botas, e Gregor saltou para fora da lama. Ele girou o martelo da esquerda para a direita enquanto voava pelo ar e se conectou com a fera de lama.

Sujeira e glória espirraram por toda parte quando a arma encontrou seu alvo. Então a cabeça do martelo ficou presa, e Gregor, com seu impulso ainda em movimento, voou com o peito contra a frente da fera. Bateu nela como um macarrão molhado, o impacto libertando a arma de Gregor de seu aperto, a lama ainda segurando firmemente o martelo, e Gregor rolou pela frente da coisa, espirrando na água em sua base.

De costas, ele podia ver seu martelo ainda preso à criatura enquanto os raios amarelos brilhantes de Sever recomeçavam. Ele tinha que recuperar o martelo. Não podia arriscar perdê-lo no pântano. Gregor tentou se sentar quando algo colidiu com seu rosto. Pressionou-o de volta para a lama e cortou sua visão.

— Gregor, aguente! Um dos tentáculos... — gritou Sai, aquele que os meteu nessa confusão.

— Eu percebi — Gregor o interrompeu. — Tire isso de mim.

O traje de Gregor registrou as ondulações na água enquanto Sai se aproximava, enquanto Gregor alcançava com as mãos e agarrava o tentáculo que esmagava seu rosto contra o pântano. Tentou conseguir um bom aperto, mas o tronco coberto de limo dificultava a pegada de um par de luvas de armadura cobertas de metal. Longe de ser a primeira vez, Gregor amaldiçoou o design do traje da DefenseCore.

Ele teria que encontrar outra maneira.

Tudo bem.

Gregor baixou a mão esquerda até a cintura, bateu-a contra o lado de seu traje de força e soltou um pequeno disco. Segurou-o no ar, logo acima da água, e apertou. Uma única lâmina longa se desenrolou do centro do disco e, uma vez endireitada, o último quarto dela se dobrou em um ângulo reto, com a lâmina para o lado. Gregor não podia ver nada disso, mas sentiu as vibrações esperadas em sua mão enquanto a ferramenta girava. Uma serra de emergência.

Gregor encostou a lâmina no tronco. Sentiu-a afundar na massa lamacenta e mofada. E tão rapidamente sentiu a lâmina emperrar. Quebrar e se despedaçar. Não era surpreendente - os discos foram feitos para cortar através de arneses defeituosos, redes de segurança e cordas. Não para cortar um monstro de lama nos pântanos de Dynas.

Gregor sentiu, mais do que viu, Sai colidir com o tronco. Uma investida trêmula, que não fez nada. Pelo menos que Gregor pudesse perceber.

— Sua espada, Sai — gritou Gregor.

Esse era o ponto principal de Sai, afinal. Bombas e lâminas.

— Eu queria mantê-la limpa — respondeu Sai. Porque é claro que ele queria.

— A criatura vai apreciar isso depois que te matar.

A pressão aumentou, e o tentáculo empurrou Gregor mais para baixo da superfície da água. Até que ele sentiu a lama do fundo do pântano sugando suas costas. Amassando sua armadura e envolvendo os lados de seu capacete. Ele seria enterrado em instantes.

De repente, a pressão cessou. Gregor recuperou sua própria força. Pressionou os braços, chutou as pernas sob si e as empurrou para a gosma. Impulsionou-se para a superfície. Os trajes não foram feitos para nadar, mas o pântano não era um oceano, a água rasa e espessa aqui deu a Gregor força suficiente para se puxar até a superfície.

A extremidade do tronco ainda estava presa à máscara de Gregor, então ele não podia ver, mas o pequeno display, em letras azuis neon, lhe dizia que ele havia saído da lama. Que ele poderia, se Gregor assim escolhesse, abrir seu capacete sem que a água do pântano entrasse em cascata.

Abrir um capacete em uma zona de combate ativa, exceto em casos de mau funcionamento crítico, era contra a política da DefenseCorp. Anulava seu seguro - particularmente o grande pagamento que viria se Gregor encontrasse seu fim. Muito a perder, e Gregor ouvira que a Defense-Corp aproveitaria qualquer oportunidade para manter esse pagamento baixo. Como a maioria dos de Sever, a família - pais, no caso dele - esperava e sem dúvida ansiava por um dia receber o pagamento final da escolha de carreira suicida de Gregor.

Gregor colocou as mãos no tronco novamente e, sem o resto do tentáculo pressionando-o, conseguiu arrancar a sucção de seu capacete e lançar o membro para longe no pântano. Gregor podia ver Dynas novamente, e mais uma vez o mundo deixou Gregor totalmente sem impressionar.

A luta estava indo tão bem quanto ele esperava. Aurora, Eponi e Rovo ainda lançavam fogo contra a criatura, que parecia impassível. Seus tentáculos giravam ao redor, e Gregor viu que alguns deles eram mais longos que o transporte, cortando o ar como troncos de árvores balançando. O monstro fazia Sever mergulhar e rolar. Esquivar dos membros oscilantes, evitar ser sugado, capturado ou espancado na lama. Perto dele, Sai finalmente tentou trabalhar com a lâmina, mas cada corte trazia mais lama e zero criatura.

Gregor podia ajudar com isso. Ele se virou em direção ao monstro, viu um tentáculo começar a nadar pelo pântano em sua direção. O mercenário se agachou e rosnou: — Vem me pegar, seu bastardo inchado.

O longo e viscoso membro emergiu do pântano e Gregor saltou, agarrando-o enquanto o tentáculo o erguia. Levantou Gregor mais alto que a própria criatura, tentando arremessá-lo. Exatamente o que Gregor esperava. Enquanto o tronco voava sobre a cabeça da criatura de lama, Gregor soltou-se, caindo e girando no ar até aterrissar, com um baque nauseante, bem na cabeça da criatura. Não que realmente houvesse uma cabeça, mais como o topo de um monte.

Gregor olhou para a esquerda, para baixo. O martelo estava preso um metro abaixo dele, cravado na lateral da besta. Mesmo se pudesse alcançá-lo, como Gregor o balançaria antes de acabar de volta no pântano? Um problema de cada vez. Gregor alcançou suas costas, onde, além do martelo, havia um par de rifles de assalto pesados. Presos na parte de trás de sua armadura de energia. Prontos para usar.

Ele soltou um, girou-o sobre seu ombro enquanto se ajoelhava sobre a besta. Pressionou o cano para baixo no topo do monte. Puxou o gatilho e manteve-o pressionado.

Um rifle de assalto pesado da DefenseCorp cuspia cinquenta disparos por segundo. Mesmo sem o recuo de um laser, o fogo repetido superaquecia os espelhos no cano e tendia a fazer a precisão despencar. A arma deveria assustar qualquer coisa que Gregor atirasse, enchendo o ar com fogo letal. Mas o monstro era grande como uma casa, e Gregor estava bem em cima dele. Precisão não era uma questão. Terror era uma preocupação secundária. A morte importava mais, e a essa distância, o rifle de assalto entregava.

Os disparos borbulhavam para dentro da criatura, fervendo buracos profundos que, nos momentos antes da lama correr para preenchê-los, Gregor podia ver o que parecia ser carne de cor verde. Bom saber que algo vivia sob a sujeira, que eles não estavam lutando contra o próprio pântano. Vida real podia ser tirada, podia ser assustada ou queimada até virar cinzas.

— A parte divertida está embaixo da lama! — gritou Gregor.

E então ele estava voando. Atingido por um tentáculo, voando pelos ares. Gregor sentiu um estalo nas costas ao colidir com uma árvore e despencar de cara na lama.

Nocauteado.

NOVE

CHOQUE ELÉTRICO

Três tiros. Pode contar. E Aurora disse que Eponi não fazia o suficiente quando Sever começava brigas.

Não que aqueles três tiros — rajadas ardentes disparadas do pequeno rifle que as regulamentações da Defense-Corp obrigavam Eponi a carregar — parecessem incomodar a criatura do pântano. O piloto de Sever observava do nariz da nave de desembarque, que estava perdendo constantemente sua batalha contra a lama solta que a puxava para baixo, enquanto Gregor, Sai, Rovo e Aurora corriam em volta dos tentáculos e chapinhavam na gosma tentando descobrir como ferir a coisa. A cena toda parecia um filme ruim, daqueles em que todo o orçamento vai para os efeitos especiais e nada para o enredo.

— Por que essa coisa está aqui? — disse Eponi no canal do esquadrão entre um aviso de Aurora para Rovo e um xingamento de Sai quando sua espada ficou presa novamente no lado da besta de lama. — De todo esse pântano, por acaso pousamos bem em cima dela? Quais são as chances?

Ela mirou o rifle quando um tentáculo envolveu Gregor,

puxando o homenzarrão em direção ao topo da massa da besta. Uma faixa amarela na lateral de sua arma mudou para verde enquanto o rifle sugava elétrons livres da atmosfera, carregando suas próprias baterias para lançar a morte de volta. A tecnologia de carregamento havia começado em armas como essa e depois se estendido para os corredores que ela amava, levando a competições de dias onde gerenciar a energia da bateria exigia tanta habilidade quanto navegar pelo percurso. As bolsas de prêmios para essas... ela voltaria a pensar nelas.

— Você escolheu o local de pouso! — Rovo se deu ao trabalho de responder.

— Matem isso! — Aurora desempenhou seu papel, encerrando a conversa irrelevante. — Eponi, ajude o Gregor.

Eponi disparou outro raio amarelo em direção ao topo da besta. Ele desapareceu na lama com um chiado, sem fazer nada para ajudar Gregor enquanto a besta de lama o arremessava contra uma árvore próxima. Gregor atingiu o tronco, uma coisa podre que parecia mais um prenúncio de horrores do que uma planta, e o quebrou, caindo sobre as raízes retorcidas abaixo. Eponi fez uma careta — aquilo parecia ter doído — e se levantou. Gregor não se mexia, exceto por sua perna direita que deslizava lentamente em direção à lama. Acho que ela poderia ajudá-lo a evitar se afogar no pântano nojento.

Com seus propulsores acionados, Eponi saltou do nariz da nave de desembarque e voou sobre a lâmina oscilante de Sai, um tentáculo escorregadio e os tiros dispersos do rifle de Rovo. Por um instante, as raízes pareceram estar além do alcance de Eponi, mas, como sempre, os cálculos do capacete provaram estar corretos e Eponi pousou exatamente onde o visor disse que ela pousaria. Os corredores tinham limites estritos em seus pilotos automáticos, suas assistências computadorizadas, então a habilidade natural prevalecia. Aqui fora? Quanto menos a DefenseCorp deixasse nas mãos de seus soldados, melhor.

Realmente matava a emoção.

— Você está vivo, grandão? — disse Eponi, alcançando Gregor e arrastando-o — com a ajuda dos amplificadores de energia em seu traje — para longe do líquido. Ela enviou as palavras através do comunicador por toque, um link de campo próximo que enviaria o som diretamente para Gregor sem atrapalhar o canal aberto do esquadrão. — A luta ainda continua. Eles poderiam usar seu martelo lá fora.

Um martelo que, Eponi notou, ainda ocupava uma posição de destaque na coroa da coisa de lama. Embora parecesse que Sever tinha feito algum progresso: grande parte da lama havia sido queimada ou cortada, revelando escamas verde-grama e pelos, como se a criatura tivesse misturado espécies e escolhido as partes mais feias. As boas notícias da luta não fizeram nada para estimular Gregor; o homem permaneceu imóvel.

— Liberado para acordá-lo? — Eponi lançou no canal.

— Liberado! — veio a resposta de Aurora.

— Desculpe, amigo. — Eponi pressionou um pequeno par de entalhes sob o capacete de Gregor, contra seu pescoço.

Esses entalhes realizaram uma rápida verificação nas luvas de Eponi, certificando-se de que ela tinha credenciais amigáveis. A tela do visor de Eponi se dividiu em metades, a esquerda verde e a direita vermelha. Eponi piscou com o olho esquerdo, e quando o visor piscou todo verde por um microssegundo, ela soltou seu companheiro de equipe. Deu um passo para trás e observou enquanto o traje de Gregor zumbia com um som agudo, como vidro quebrando. No ápice do ruído, Gregor estremeceu, suas mãos e pés se agitando, seguidos por um suspiro pesado. Seus olhos se abriram, encontraram os de Eponi e então se fecharam novamente.

— Eu odeio isso — disse Gregor no canal de campo próximo.

— Quantas vezes?

— Perdi a conta depois de uma dúzia.

Eponi se conteve para não mencionar que as regulamentações da DefenseCorp sugeriam todo tipo de efeitos nocivos ligados ao uso repetido da tecnologia de choque elétrico. Sever mantinha uma relação nebulosa com a DefenseCorp, e isso poderia se estender a isso também. Missões impossíveis exigiam compromissos impossíveis, ou algo assim.

A criatura de lama emitiu seu primeiro ruído real da luta, uma tosse borbulhante e úmida surgindo de seu meio enquanto Sai finalmente conseguia atravessar a armadura de lodo líquido da criatura e cortar a parte boa. Como gritos de morte, Eponi já tinha ouvido gritos muito melhores de pilotos enquanto seus corredores despencavam em abismos sem fim ou escorregavam em rios de lava.

Aurora e Rovo aparentemente concordaram, aproveitando a aflição da criatura para impulsionar seu caminho até Sai e concentrar seu fogo na ferida recente. Como uma refeição de micro-ondas mal escolhida, o calor se acumulou no meio do monstro antes de explodir, chovendo lama prodigiosa e coisas piores sobre todo o esquadrão.

Com exceção de Eponi, que aproveitou o levantar de Gregor como uma oportunidade de cobertura e se agachou atrás do homem grande. Tripas e gosma espalharam-se ao redor de todos, exceto dela, e Eponi não deu a mínima. Ela tinha sobrevivido, chegando um passo mais perto daquele pagamento.

— Olha só para você — disse Rovo cerca de cinco minutos depois, enquanto o esquadrão se voltava para descarregar os itens essenciais da nave de desembarque. Aurora encarregou Eponi e Rovo dos mantimentos, que estavam jogando em mochilas-boia expansíveis, assim chamadas por seus bolsos de pressão negativa projetados para repelir a gravidade o suficiente para tornar os pesos pesados fáceis de carregar. — Toda limpa. O resto de nós tem uma camuflagem natural.

— Só fazendo minha parte — respondeu Eponi, jogando barras de microenergia aos braçados em uma das mochilas cinzentas. — Vou atrair todo o fogo.

— Fogo do quê?

Eponi já havia esquecido que Rovo tinha a doença do novato - todas as ameaças eram hipotéticas, porque Rovo ainda não as tinha experimentado. Não fora de um simulador, de qualquer forma.

— Você não viu as lanchas?

— Elas não eram tão perigosas, e conseguimos nos afastar delas — Rovo encheu sua mochila até a borda e puxou o cordão apertado no topo. O puxão acionou o mecanismo de fechamento da mochila, e a mochila-boia se comprimiu ao redor dos pacotes de refeição mais substanciais que Rovo havia escolhido, criando um cubo arredondado que o novato, com a ajuda de Eponi, encaixou em um par de encaixes nas costas de sua armadura. — Se é só isso que vamos enfrentar, menos o monstro do pântano, acho que isso deve ser simples.

— Nós não pegamos missões simples. Não sei o que te disseram quando você se juntou à Sever, mas estamos aqui para lidar com o que a DefenseCorp não quer tocar com seus esquadrões legítimos. Isso significa alto risco, alta recompensa.

— É por isso que você está aqui? Pela recompensa?

Ver a expressão de alguém através de sua máscara exigia visão de raio-x, então Eponi não conseguia dizer se Rovo tinha feito a pergunta honestamente ou não. Então ela percebeu que não se importava.

— Eu não escolhi estar aqui. Isso deveria te dizer que a recompensa não é tão boa assim — respondeu Eponi. — Mas a Sever consegue ficar longe do resto das porcarias da DefenseCorp, e eles dizem que podemos cair fora quando quisermos. Sem contratos, sem cláusulas, sem reclamações. Isso é o suficiente para mim.

— Meio difícil cair fora agora.

Eponi terminou sua própria mochila, e enquanto Rovo a encaixava em suas costas, Aurora fez o chamado geral de evacuação. Hora de se afastar da nave de desembarque, marchar através da lama e descobrir onde esse VIP tinha conseguido ficar preso.

— Essa é a verdade — disse Eponi enquanto digitava o código de autodestruição da nave de desembarque. Levaria algumas horas para ser acionado, tempo suficiente para a Sever se afastar o bastante de quaisquer olhos atraídos pelo fogo. — Uma vez que você faz parte da Sever, não há saída. Não vivo, de qualquer forma.

DEZ

MARCHA PELO PÂNTANO

Ver uma nave explodir na névoa verde-mostarda não produziu o tipo de fogos de artifício que Rovo esperava. Ele tinha vindo para a DefenseCorp pelo dinheiro, e depois se juntou a Sever pela emoção quando o dinheiro se provou insípido, o que aconteceu rápido quando as únicas coisas que ele podia comprar eram produtos da DefenseCorp.

Agora, horas depois de sua primeira missão com Sever, eles tinham acabado de abater uma criatura gigante de lama. Ele havia disparado seu rifle mais vezes nos cinco minutos de luta do que jamais tinha feito antes. Rovo podia contar muitas escolhas das quais se arrependera na vida, mas juntar-se a Sever, até agora, não era uma delas.

Rovo desfez seu sorriso maníaco quando ele e Eponi se reuniram ao esquadrão, mesmo que o capacete escondesse sua boca. Seus nervos, mesmo após empacotar suprimentos e lidar com o tédio logístico de traçar direções — Aurora fazia o planejamento, Rovo esperava —, ainda formigavam. A adrenalina fazia seu coração bombear. Rovo poderia ter morrido ali atrás. Esmagado por um daqueles tentáculos. Quão legal era isso?

A julgar pelas expressões sérias e piadas cansadas do resto, aparentemente, não era legal. Era isso que se obtinha com veteranos experientes. Como o jovem garoto, o novato, o recruta, Rovo entendia seu lugar. Ele já estivera aqui antes — embora em um escritório onde a arma mais perigosa era a cafeteira — e provavelmente estaria aqui novamente de alguma forma. Ele suportava as provocações de Sever, suas ordens e todo o resto porque isso, já, tinha superado em muito sua vida adaptando comunicados e comunicações para divulgação pela galáxia. Agora, em vez de escrever o marketing da DefenseCorp, ele seria a fonte das histórias.

— Rovo, você quer ficar na frente ou atrás? — Aurora perguntou a ele enquanto se agrupavam ao longo da terra cara que Gregor havia usado como plataforma de pouso na luta contra a besta de lama. Sever havia limpado a lama que puderam, deixando manchas de lodo verde em suas armaduras como distintivos distorcidos de honra duvidosa.

— Na frente — Rovo respondeu. — Se encontrarmos algo que fale, poderei ajudar mais de lá.

— Se encontrarmos algo que fale, você atira primeiro e descobre se é amigo depois — Gregor retrucou.

— Você não pode estar falando sério — disse Rovo.

Apesar da tendência de Sever de desrespeitar as regras, explodir qualquer coisa que encontrassem parecia uma estratégia ruim.

— Ele não está — Aurora respondeu. — Se algum de vocês atirar antes que eu dê o sinal, a menos que esteja sendo atacado, será você quem vai receber o laser do meu rifle.

Aurora falou com um tom duro e cortante que Rovo achou um pouco estranho, considerando que ela supostamente comandava essa equipe há algum tempo. Por que ser tão direta e áspera com esses caras? Não eram todos amigos?

Mas de todos eles, Aurora parecia ter a melhor cabeça para isso. Rovo preferia ter uma durona dando ordens do que um homem selvagem como Gregor, que provavelmente ordenaria uma corrida até o objetivo, com quem matasse mais coisas no caminho ganhando um prêmio bônus.

— Tem certeza de que as regras normais se aplicam a esta missão? — disse Sai. — Já fomos alvejados pelos esquifes. Se entrarmos desarmados, acabaremos mortos.

— Você não sabe para quem esses esquifes trabalham — Aurora respondeu. — Pelo que sabemos, pode haver múltiplas facções em jogo aqui. — Aurora fez aquela coisa de líder, passando o olhar por todo o grupo enquanto falava, certificando-se de que todos prestavam atenção. — Não temos transporte para sair do planeta. Se fizermos inimigos de todos, ficaremos presos aqui. Então mantenham esses dedos longe dos gatilhos até que eu diga o contrário.

Rovo queria olhar para Sai, mas usando um capacete projetado para bloquear tiros de laser letais e projéteis de qualquer ângulo e, portanto, bloqueando a visão de todos os lados, exceto diretamente à frente, ele não podia simplesmente virar os olhos naquela direção. Os sistemas visuais da armadura o alertariam sobre uma ameaça iminente fora de vista, mas não eram bons para espionar as reações de alguém. Difícil ser furtivo em uma armadura como essa, mas talvez isso ajudasse com a honestidade. Vestindo isso, você tinha que ser direto, tinha que ser claro.

Gregor assumiu a dianteira com Rovo quando eles avançaram. O homem maior liderou, levantou seu visor para escanear sólidos, o que cortava a água do pântano e permitia que eles caminhassem pelo caminho mais raso. Aurora os apontou para a fonte de energia mais próxima, imaginando que aquilo oferecia a melhor chance de pistas sobre o que Dynas tinha sob toda essa névoa. Enquanto Gregor escaneava por passagens, Rovo mantinha seu visor observando o calor, que a fonte de energia emitia em grandes florescências; flores vermelhas e verdes, cortadas pelos troncos azuis e negros de árvores cobertas de musgo. Quanto à estrutura que produziria esse tipo de coisa, uma usina de energia surgia como a sugestão mais óbvia, mas poderia ser uma fábrica, algum tipo de mina de pântano...

Ou outra criatura, tão enorme e monstruosa que Rovo teria uma história para contar pelo resto de sua vida. Isso também seria legal.

Porque agora, documentos eram a única coisa sobre a qual Rovo podia falar. Escaneando-os infinitamente para a DefenseCorp em uma estação espacial giratória não muito longe do sistema Sol. Uma estrutura que passava seu tempo girando entre toda uma coleção de matrizes de transmissão destinadas a sobrecarregar notícias por todo o espaço conhecido. Todo tipo de ordens para missões acima e abaixo do tabuleiro iam e vinham, traduzidas e enviadas para respectivos governos e empresas. Mais do que algumas delas falando sobre objetivos disfarçados como X ou Y ou Z. O que Rovo tinha aprendido, o que continuava se provando verdadeiro: as coisas nunca eram o que pareciam.

Geralmente eram muito piores.

Gregor se movia pelo pântano com toda a sutileza de um elefante bêbado. Suas pegadas espirravam em arcos largos e ele mantinha aquele martelo nos braços, balançando-o para frente e para trás como se estivesse se preparando para bater em uma bola, ou sentindo se algo invisível espreitava à sua frente. Rovo deu espaço a Gregor, mantendo-se nos montes pantanosos e pilhas de raízes que usavam como pontes terrestres para atravessar a lama.

— O que você acha? — Rovo disse a Gregor. — Essa vai ser difícil?

— Estamos tendo que andar — Gregor respondeu. — Eu já odeio isso.

— Por que isso?

Gregor aceitou o convite. Discorreu longamente sobre como a maioria das missões deveria ser ardente e direta. Um pouso explosivo em meio a uma tempestade onde tudo era um inferno por algumas horas, depois nada além de escombros e vitória. Caminhar penosamente por qualquer coisa era para a infantaria, para pessoas mais preocupadas com território do que com objetivos singulares. As tropas básicas, em outras palavras. Não as estrelas brilhantes dos serviços especiais da DefenseCorp. Não pessoas como Gregor.

— A DefenseCorp está se transformando nisso, no entanto — disse Rovo, assim que Gregor terminou sua diatribe. — Eu vi tantos lugares desfazerem seus próprios exércitos e contratarem serviços. A DefenseCorp não está apenas guardando lugares ou fazendo ataques. Está mobilizando exércitos literais. Mal posso esperar para ver o que acontece quando forem ordenados a lutar contra si mesmos.

— É ruim para os negócios.

— Na verdade, é muito bom.

— Não, para o meu negócio — disse Gregor. — Você e eu, somos ferramentas. Devemos ser usados para aquilo que fomos feitos. Talvez você seja feito para a labuta, talvez você seja feito para desperdiçar seu tempo em um lugar como este. Mas eu? Eu pertenço ao centro das coisas.

Claro. Porque quando Gregor foi para o centro e a besta de lama o arremessou, isso funcionou tão bem. Mas Rovo se conteve. Novatos não podiam fazer declarações como essa, e Gregor tinha um martelo realmente grande.

— Não sei — disse Rovo. — Acho que temos que mudar se quisermos manter nossos empregos.

— O emprego? — Gregor não se virou. Não parou de

avançar, mas Rovo teve a nítida impressão de que, se Gregor tivesse feito isso, Rovo estaria olhando para uma cara feia agora, um par de olhos desapontados e uma cabeça balançando. — Se isto é um emprego para você, então você deveria estar na frente. Leve todos os tiros. Seja o trabalhador que a DefenseCorp quer. Para mim — Gregor deu um tapinha na cabeça do martelo em sua mão direita — para mim, isto é vida.

Sentimentos piegas. Rovo também tinha escrito esses. Muitas proclamações chegando pelos cabos. Parte do motivo pelo qual ele tinha vindo para cá, para se afastar de toda essa bobagem. Ele tinha tido isso por um tempo com a criatura do pântano, mas agora Rovo tinha um filtro hiperativo tentando manter o ar respirável. Uma armadura rangente ficando mais pesada a cada minuto. Fome que ele não podia saciar porque não conseguia alcançar a mochila nas suas costas, e mesmo se pudesse, o pântano não lhes dava lugar para sentar e comer. Rovo não conseguia ver mais do que alguns metros à sua frente sem recorrer a outros espectros visuais. Era empolgante estar em uma missão, claro, mas dificilmente o material dos sonhos.

Mas se Gregor via isso como algum tipo de empreendimento edificante para a alma, Rovo poderia estar perdendo alguma coisa. Hora de ver o quê.

— Eu assumo a frente se você quiser — disse Rovo. — Se você acha que eu posso.

Gregor levantou a mão esquerda. Toda a coluna parou.

— Aurora — disse Gregor. — O novato quer assumir a ponta.

— Acha que ele está pronto?

— Não.

— Novato, você acha que está pronto? — perguntou Aurora.

— Eu me voluntariei, não foi? — respondeu Rovo.

— Você entende que se algo te matar, não vamos trazer seu corpo de volta — disse Aurora. — Estamos longe demais para uma evacuação, mesmo se tivéssemos uma.

— Eu entendo.

— Então deixe-o ter isso, Gregor. — Aurora não mostrou nenhuma reação em seu traje vermelho-fogo. — Apenas tente apontar se você ver alguma coisa, deixe Rovo viver um pouco mais.

E foi assim que Rovo se viu marchando de cabeça através da névoa, saindo do pântano e entrando em um inferno totalmente novo.

ONZE

JOGOS DE MINA

Aurora observava seu novato dar seus primeiros passos liderando o esquadrão. Hesitante no início e, quando Rovo percebeu que todos esperavam atrás dele, mais rápido. Aurora entendia — ela também já fora novata um dia. Era preciso dar o primeiro passo alguma hora.

Agora Aurora ficava mais para trás, com apenas Eponi atrás dela. Preservando alguma aparência de hierarquia enquanto marchavam pela lama. A batalha com a besta de lodo não tinha exigido muito dela, embora Aurora não tivesse feito muito além de disparar seu rifle e desviar de um ou dois tentáculos agitados. Foram Gregor e Sai que carregaram o peso maior.

Mas era isso que os comandantes deveriam fazer. Coordenar, planejar e reagir. Manter as peças onde deveriam estar.

E que peça ela se tornara. Nada de acordo com o plano de ninguém, incluindo o dela própria.

Depois de deixar seu planeta em busca de aventura, Aurora passou por uma variedade de trabalhos básicos até que seu rosto severo e atitude intimidadora — aperfeiçoados em uma casa cheia de irmãos indisciplinados — lhe renderam uma segunda olhada de algum gerente regional que a colocou no comando de sua loja local, vendendo armas pequenas para a multidão confusa que vivia em uma estação espacial na fronteira.

Aventura de sobra ali, especialmente quando ela tinha que recusar uma venda a alguém que parecia mais propenso a abrir um buraco na estação do que usar a arma para qualquer propósito construtivo. Sua conta bancária crescia. Aurora salpicava seus sonhos com um toque de ousadia. Até que a DefenseCorp os fechou.

O visor de Aurora alterou sua exibição enquanto ela corria os olhos por sua equipe, fios de névoa amarela flutuando entre eles. As leituras do esquadrão apareciam em números azuis translúcidos diante de seus olhos, enquanto Aurora mantinha seus pés acompanhando o ritmo de Sai. Sinais vitais normais; Sever se mantinha firme após o encontro com a besta. Até Sai, que não parava de pensar em sua família, estava se sentindo confortável. Batimentos cardíacos, adrenalina. Tudo bem. Aurora não podia ter certeza se os sinais eram melhores ou piores por causa da neblina — a sopa tornava impossível ver qualquer coisa além do espectro normal, então ou você relaxava e aceitava o inevitável, ou entrava em pânico.

A DefenseCorp, menor naquela época, tinha começado a avaliar e destruir seus concorrentes. Naquele momento, apenas os peixes pequenos. Lojas como a dela que forneciam meios de defesa para o cidadão comum, as milícias locais e políticos famintos que achavam que ter uma força de segurança com dentes era mais atraente. Porque, vamos encarar, o espaço assustava as pessoas. Mesmo aqueles que se aventuravam nele, como Aurora, o faziam porque não tinham outras opções. Você não desistia de um lugar confortável em uma boa cidade com vista para o oceano e arriscava mil mortes terríveis porque tinha vontade de viajar. Você ia para o espaço porque não tinha nada a perder.

— Mais devagar, Rovo — disse Aurora quando o novato avançou vários passos além de Gregor, a ponto de desaparecer de sua própria visão, seu contorno visível apenas em um verde claro no HUD diante de seus olhos. — Se você se afastar demais, não poderemos te ajudar.

Sua queda livre após o fechamento da loja foi rápida. Principalmente porque quando você fecha um lugar cheio de armas, os funcionários não vão aceitar de boa. Aurora e alguns outros funcionários, furiosos com a súbita destruição de seus meios de subsistência, pegaram parte do estoque que a DefenseCorp não havia comprado quando adquiriu a loja. Modelos mais antigos, mas ainda mortais.

Assim equipado, o esquadrão improvisado de Aurora marchou pela estação, fazendo muitos virarem as costas e andarem um pouco mais rápido. Outra parte da vida no espaço: todos têm seus próprios negócios e, desde que você não seja o alvo, é melhor ignorar. Problema dos outros, tempo dos outros.

Aurora não estava planejando realmente atacar a DefenseCorp. Mesmo no mundo nebuloso da justiça das estações espaciais, explodir pessoas em pedaços tendia a te jogar para fora de uma escotilha sem muito debate, não importa qual fosse seu argumento. Não importa quão justificado.

Então, quando chegaram à seção comprada e de propriedade da DefenseCorp, com sua entrada pintada em vermelho e azul, o logotipo em grandes letras de bloco espalhado pelas portas e um par de guardas musculosos em pé na frente, Aurora se viu paralisada. Os guardas da Defense-Corp, um tanto divertidos com a ameaça, decidiram neutralizá-la dando a toda a equipe o que realmente queriam: empregos.

Se você conseguisse respirar e precisasse de dinheiro, a DefenseCorp te aceitaria.

— Atenção — disse Gregor. — Temos algo à frente.

Rovo parou e Gregor o alcançou, ficando no início do que parecia ser um grande tronco de árvore caído.

— Gregor — disse Sai, sua voz captando a urgência tensa que o homem sempre parecia ter quando o perigo se aproximava da vida e dos membros. — Não se mexa. Há uma mina de profundidade bem aí.

Aurora se juntou ao grupo, ficou em meio a um amontoado de galhos caídos cobertos com plataformas inteiras de musgo e lama. Cogumelos também brotavam, seus topos fluorescentes azuis. Talvez algo para torná-los visíveis no ar espesso.

Ela não conseguia ver a mina de profundidade, então Aurora mudou seu visor para captar assinaturas de energia. Não exatamente calor, mas sim o movimento concentrado de elétrons em um pequeno espaço. Uma mina de profundidade dependia da interrupção do sinal, e esse sinal aparecia em uma fina fatia azul brilhante que surgia acima da superfície do pântano e depois afundava até uma pequena caixa crepitante de energia. A fatia passava direto pela rota escolhida por Rovo e Gregor, surgindo através de uma grande pedra no final do tronco de árvore caído. O único caminho visível adiante, a única rota visível em direção à assinatura de energia maior e mais brilhante à frente.

— O que é uma mina de profundidade? — perguntou Rovo pelo comunicador.

— Se você roçar esse sinal — disse Sai — vai descobrir. Mas não vai gostar quando o fizer.

— Fique parado, Rovo, até decidirmos um curso de ação

— disse Aurora. Sai já tinha dito a Rovo, efetivamente, a mesma coisa, mas às vezes um comandante tinha que reforçar o óbvio, especialmente quando um novato estava envolvido. — Verifique além. Estou captando assinaturas menores.

Ninguém colocaria uma mina aqui sem nada para proteger. Como esperado, agora que Aurora procurava por elas, ela viu pontos em abundância. Mais minas, sim, mas também trilhas de sinais levando ao que pareciam ser, nesta visão do espectro de energia, cubos roxos e frios aparentemente flutuando no ar. Aurora supôs que estivessem presos às árvores, torretas esperando que uma mina detonasse para ver alvos na penumbra. Poderiam ter sido programadas para atirar em qualquer um, mas talvez aquelas pessoas nos esquifes passassem por perto daqui. Não poderia haver fogo amigo. Mas os pilotos dos esquifes evitariam as minas, enquanto qualquer intruso por terra não o faria. Uma maneira rudimentar de proteger um lugar, mas eficaz, especialmente se sua principal ameaça viesse de criaturas habitantes do pântano.

— Chefe — disse Eponi de trás. — Estamos prestes a entrar em um campo minado? Que tipo de trabalho é esse?

Aurora estava se perguntando isso também. Eles tinham sido atacados assim que se aproximaram de Dynas, e a DefenseCorp lhes dera uma nave de desembarque fraca que mal conseguira chegar à superfície. Um sinal fraco para rastrear e nenhuma outra informação para se orientar, sem apoio. Aurora teria feito algo para cair em desgraça com a DefenseCorp? Ou Sever? A DefenseCorp era conhecida por transferir unidades problemáticas para missões suicidas como uma maneira fácil de se livrar de problemas, mas Aurora não sabia por que Sever se qualificaria para esse tipo de eliminação extrema.

— Não sei — disse Aurora. — Mas estamos aqui agora, e vamos sair desta rocha juntos. Sai, você pode cuidar desta?

— Talvez? — disse Sai. — Preciso que o novato e o Gregor recuem. Bem devagar.

— Pensei que você tinha me dito para ficar parado — respondeu Rovo.

— Novas ordens — disse Aurora. — Gregor, você vai primeiro. Um passo de cada vez, e guie o Rovo de volta com você.

— Você está vendo aquelas torretas, certo? — disse Eponi. — Eu vejo seis. Se elas se ativarem, estamos mortos.

— Elas estão ligadas às minas — disse Aurora. — Se não acionarmos nenhuma, elas não atirarão em nós.

O primeiro trabalho que ela tivera com a DefenseCorp, provavelmente só para tirá-la da estação espacial, fora em um mundo gelado e devastado, onde Aurora, junto com um esquadrão infeliz, tinha sido encarregada de defender uma instalação de mineração contra criaturas indígenas.

Bestas rosnadoras cobertas de gelo com tantos braços e garras quanto seus pesadelos podiam lhes dar, elas escavavam através do gelo, hordas viajantes atraídas pelo estrondo das brocas de mineração.

O esquadrão de Aurora havia usado minas de profundidade exatamente como esta. Plantavam-nas antes de cada sessão de perfuração, todas as noites, e frequentemente acordavam com explosões enviando gêiseres de neve para o céu quando as criaturas tentavam outro ataque. Aurora se levantava de um salto, alcançava suas armas, e no momento em que a porta do habitat se abria e os ventos frios sugavam a força de seus ossos, já havia dezenas daquelas coisas cortando e rosnando. Ela atirava a noite toda, lasers amarelos iluminando a escuridão até que as três estrelas distantes trouxessem a luz do dia.

— Você tem certeza disso? — disse Eponi. — Se você estiver errada, e sei que estou me repetindo, mas sinto que é um ponto importante a ser enfatizado, estamos mortos.

— Tenho certeza.

O medo poderia ser uma maneira de manter um esquadrão unido. A ideia de que se eles se separassem, ou cedessem ao pânico, todos morreriam. Esse medo da morte manteria o esquadrão focado. Manteria-os prontos para o que a missão exigia. O problema com o medo era que ele se espalhava como um veneno. Aurora podia ver isso começando, ouvi-lo na voz de Eponi e na respiração superficial de Rovo que vinha pela transmissão porque ele se esquecera de fechar o microfone. Erros descuidados que levavam a resultados piores que levavam a mais medo. Um ciclo vicioso terminando com todos eles mortos.

Aurora não podia deixar isso acontecer. Não deixaria. Ela manteve sua voz estável, emitiu os comandos, guiou Rovo e Gregor de volta e disse a Sai para seguir em frente. O especialista em demolição teria sua chance. Desarmar a mina e eles poderiam seguir em frente.

Se Sai falhasse?

Bem, Aurora sempre tinha o medo.

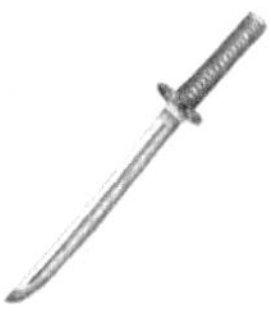

DOZE

MINA DE PROFUNDIDADE

De todas as habilidades que um pai deveria ensinar a seu filho, Sai pensava que demolições e desarme deveriam estar entre as cinco principais. Pelo menos em termos de utilidade, saber como desmontar um computador, um veículo ou, neste caso, uma mina de profundidade, significava sobrevivência.

A vida no espaço era uma vida envolta em tecnologia - saber como torná-la inofensiva ou impedir que explodisse eram habilidades comercializáveis. Pelo menos pelo que o salário da DefenseCorp indicava.

Não que Sai tivesse a chance de ensiná-las aos seus filhos em breve, ou algum dia, graças à física e às vastas distâncias entre ele e sua família.

Esses pensamentos zumbiam na mente de Sai enquanto ele se aproximava sorrateiramente da mina que havia sido ordenado a desativar. Gregor e Rovo ficaram para trás, abrigando-se com Eponi e Aurora mais fundo no pântano, dando a Sai espaço para trabalhar. E, é claro, mantendo distância para não morrerem caso essa mina explodisse ou acionasse as torres para derreter Sai no meio deste pântano desolado.

De todos os planetas para ficar preso, Dynas tinha o duvidoso privilégio de ser o pior que Sai já havia visto.

Desertos, florestas verdejantes, até mundos oceânicos onde a sociedade funcionava em vastas cidades flutuantes, Sai os havia visto e amado todos. Tirado fotos com sua viseira e as lançado no turbilhão digital que ia e vinha pela galáxia para sua família. Depois de alguns anos ou mais, seus filhos poderiam ter um vislumbre do que seu pai estava fazendo. Felizmente, eles veriam isso antes de morrer, já que a expectativa de vida empurrava as pessoas para um período de vários séculos, a menos que você fosse um idiota como Sai e entrasse em uma carreira de combate. O que, talvez, seus filhos já tivessem feito...

A mina. Era nisso que Sai precisava se concentrar. De perto, Sai podia ver que a coisa havia sido embutida na base de uma rocha coberta de musgo. A árvore grossa em que Sai estava levava diretamente até a pedra, embora ele não pudesse ver nada continuando do outro lado. Então, a ideia era que alguém caminhando por ali acionasse a mina e caísse no pântano enquanto todas as torres ganhavam vida e assavam seu corpo infeliz? Não era a armadilha mais sofisticada, mas poderia funcionar.

Rovo quase havia acionado, certo?

— Você vai se mexer ou o quê? — perguntou Eponi. — Não sei quanto a você, Sai, mas eu não gosto deste planeta. Há outros lugares onde eu preferiria estar.

— Eu levo meu tempo porque se eu não o fizer, todos nós morremos — Sai rebateu. — Se você quiser tentar, vá em frente.

— Eu não gostaria de te envergonhar.

Claro. Fazia sentido.

Sai se aproximou mais, mergulhando até a cintura na lama, rastejando em direção à mina. Ao se aproximar do fim, o tronco chegava a um ponto, forçando Sai a ficar de mãos e joelhos, agarrando o tronco musgoso com um abraço e se contorcendo para mais perto.

De perto, a mina, graças a alguns caroços prateados que o musgo ainda não havia coberto, revelava alguns segredos. Principalmente, a mina não apenas acionaria as torres. Ela tinha uma base completa, embutida na parte de trás da pedra onde algum engenheiro empreendedor havia escavado a rocha para aninhar um pacote surpresa. Parecia, também, que esta mina em particular, e possivelmente todo o sistema de defesa, era bastante novo, e sorte para Sai: um pouco mais tarde e todas as peças visíveis da mina estariam cobertas pelo musgo verde reluzente que crescia em cada espaço disponível.

Para desarmar a mina, no entanto, Sai precisava chegar atrás dela, aos explosivos e onde a pequena bateria da mina estaria armazenada. Sem essa bateria, a mina não poderia enviar nenhuma informação às torres, e eles estariam seguros. A mina ainda poderia explodir, mas se Sai cuidasse da energia e alguém ainda pisasse nessa coisa, então seria culpa deles. Sai mudou sua viseira para uma visão polarizada que atravessava a água do pântano e lhe dava uma boa ideia da profundidade, para ver se ele poderia contornar a mina.

— Quase vinte metros de profundidade aqui — disse Sai. — Cuidado onde pisam.

— Pensei que você gostasse de nadar — disse Gregor, o traje enviando a voz de Gregor diretamente ao ouvido de Sai, soando como se Gregor tivesse se movido para bem perto dele e feito a pergunta.

— Eu gosto, só não usando dezenas de quilogramas de

armadura. Nem todos nós somos construídos como caminhões.

— De quem é o problema?

Sai sentia falta dos primeiros dias, quando Gregor mantinha a boca fechada e desempenhava o papel de homem forte à perfeição. Agora ele continuava tentando ser esperto, e havia desenvolvido arrogância suficiente para acompanhar o grande martelo dele. Irritante. Mas então, todo esquadrão tinha seus problemas, e os de Sever não eram tão ruins quanto a maioria. Pelo menos Sever era eficaz. Pelo menos Sai sabia que Gregor não fugiria de uma luta.

Falando em lutas, ele tinha que passar por essa mina.

Talvez, se Sai se segurasse na ponta do tronco, ele pudesse descer no pântano e contornar a mina e encontrar algo para se agarrar do outro lado. A rocha e sua mina tinham pouco mais de meio metro de comprimento. Grande o suficiente para agarrar, mas não pequena o suficiente para pegar e mover. Sai se esticou, colocou as mãos na pedra e moveu as pernas, pronto para cair e se puxar ao redor. Conforme Sai movia a perna direita para frente, ele se apoiou nas mãos, empurrando-as no musgo para obter um aperto firme na pedra.

A mina apitou. Um aviso. É claro que eles colocariam sensores de pressão ao redor da pedra. As mãos de Sai provavelmente não tinham o peso para acioná-la imediatamente - você não iria querer que as minas explodissem por causa de pequenos animais - então o bipe deveria assustá-los.

— Não se preocupem — disse Sai, removendo as mãos e recuando no tronco. — Vai ser um pouco complicado.

— Por que deveríamos nos preocupar? — disse Rovo. — Estamos bem longe daqui.

Demolições. A melhor habilidade. O melhor papel.

— Você pode parar de falar e se mexer? — disse Aurora.

— Não quero que aquelas plataformas nos peguem esperando.

Tudo bem. Então Sai não podia usar a pedra como lastro. Felizmente, essas armaduras vinham com bastante equipamento. Sai pegou uma linha de ligação, prendeu-a a um grampo em sua cintura e cravou a ponta no tronco da árvore, onde ela se agarrou firmemente. Ele testou com alguns puxões, pensando que se pulasse e a árvore inteira se soltasse, bem, pelo menos Sai tentou. Tendo feito isso, Sai olhou para a névoa amarela acima e desejou ter um céu melhor para se despedir.

Os Sever não podiam escolher seus momentos de bravura ou onde eles ocorriam, tinham que ir independentemente.

Sai escorregou do tronco e afundou. Ele estendeu as mãos buscando algo para se segurar, mas continuou descendo. Uma parte profunda do pântano. Através de sua viseira, Sai viu pequenos pontos verdes enquanto plantas passavam flutuando na corrente lenta. Um contador azul-branco apareceu na parte superior de sua visão, mostrando seu nível de oxigênio. O traje presumiu que Sai queria ir para debaixo d'água e tomou as precauções necessárias, nenhuma das quais impediria Sai de se afogar no fundo do maldito pântano de Dynas, embora o mantivessem vivo o suficiente para se arrepender.

A linha de ligação veio em seu socorro quando atingiu o máximo. Como aterrissar em uma cama grossa e fofa, Sai balançou sob o mar lamacento.

— Precisa de ajuda? — perguntou Aurora.

— Estou bem.

— Não parece — acrescentou Eponi.

— Poderia dizer o mesmo de você. — Sai não tinha certeza se aquilo se qualificava como uma boa resposta, mas em seu estado atual, não se importava.

O interruptor para retrair a linha de ligação ficava dentro do grampo, então Sai alcançou e o acionou, iniciando uma lenta subida à superfície. Enquanto subia, Sai nadava com seus braços cobertos pela armadura volumosa. Ele não se movia muito longe, nem muito rápido, mas conseguiu passar por baixo da rocha da mina e chegar ao outro lado, conseguindo alcançar e acionar o interruptor, parando a retração da linha de ligação ao emergir na superfície, encontrando um novo banco de areia a meio metro ou mais abaixo da água para se apoiar. Sai soltou um pouco de folga para evitar que seu próprio gancho o sugasse de volta às profundezas, então piscou com o que viu.

Através da neblina, ele pôde distinguir o contorno de um grande edifício, com o topo desaparecendo na névoa. O pântano também drenava consideravelmente, passando de água para lama e rocha musgosa em pouco tempo além da mina. Perto o suficiente, quase, para pular da rocha para as águas rasas. Uma tentação que faria um visitante ansioso ativar sua perdição sem pensar duas vezes.

— Estamos quase no edifício — disse Sai. — Estou do outro lado da mina, então vou desarmá-la agora.

— Bom trabalho — Aurora novamente. — Vamos nos armar. Assim que tivermos um caminho para o edifício, vamos segui-lo.

Sai virou-se de volta para a mina. Ele piscou e mudou sua viseira para uma visão de raio-X, onde podia ver as linhas azul-claras indicando as bordas da carcaça explosiva da mina. Coberta de musgo, mas estava lá. Agora o truque seria posicionar suas mãos para abri-la sem colocar muito peso na parte superior da rocha. Se ele pusesse ambas as mãos contra o musgo, Sai não teria uma livre para abrir a carcaça e remover a bateria. Se não pusesse as duas na rocha para se estabilizar, então Sai escorregaria de volta para debaixo d'água.

Ele precisava de uma terceira opção. E tinha uma. Sai deu um salto lento do banco de areia, flutuando em direção à rocha musgosa. Ele tinha uma chance ou Sai afundaria de volta, mas não podia ir rápido demais ou ativaria a mina.

Sai inclinou a cabeça e pressionou sua viseira contra a parte de trás da rocha. Seu capacete ficou preso no musgo, uma gosma verde cobrindo sua visão. Mas seu capacete se manteve firme, o musgo dando aderência suficiente para que, junto com sua mão direita, Sai conseguisse um apoio feio para se manter à tona. Um abraço desajeitado, mas funcional.

A mina permaneceu quieta. Ele sobreviveu.

Agora para o trabalho real. Sai estalou o pulso esquerdo e ativou a ferramenta multiuso. O pequeno dispositivo, que todos os membros do Sever possuíam, continha cortadores a laser, chaves de fenda e outros gadgets simples. Primeiro, Sai mudou para um microlaser. Ele abriu caminho através do musgo usando sua mão esquerda, quase como se apontasse um feixe de seu dedo. Branco brilhante e quente, o musgo recuou, queimado nas bordas, um cheiro de chamuscado no ar. Sob o crescimento, a escotilha traseira da mina, não maior que a palma da mão de Sai, estava esperando para ser aberta.

— Quase consegui — disse Sai. — Mas preciso que alguém esteja pronto caso haja um interruptor de segurança nisto.

— Interruptor de segurança? — perguntou Rovo.

— Às vezes, você pode preparar coisas assim para explodir se não houver mais energia — disse Sai. — É perigoso, porque significa que você não pode tocar na mina depois de colocada, mas não sei com quem estamos lidando.

— Eu vou te pegar — disse Gregor, e embora Sai não pudesse ver o homem se aproximar de seu atual ponto de vista esmagado contra a rocha, ele se sentiu um pouco melhor.

Não que Sai esperasse sobreviver se a mina explodisse, mas talvez, só talvez.

Sai mudou a ferramenta multiuso para a chave de cunha, uma peça nano feita para abrir abas apertadas como esta. Com sua borda chegando ao nível molecular, Sai pressionou a chave de cunha contra a placa da mina e flexionou para a esquerda. Sai não podia ver a coisa se abrir, mas sentiu o estalo. Mais um passo concluído.

Agora Sai tinha que ver dentro, e isso significava tirar seu capacete da borda da rocha. Devagar, com cuidado, Sai se afastou do musgo agarrado para liberar sua cabeça. Sua mão esquerda alcançou a borda da mina, no espaço aberto criado pelo painel, e com o aperto de sua mão direita na pedra, Sai conseguiu ter uma boa visão do interior. Uma simples bateria de longa duração, e os pacotes explosivos amarrados, com um zilhão de pequenos fios levando até aqueles sensores de pressão. Sai tinha que cortar esses primeiro, depois lidar com a bateria.

Ele levantou a mão esquerda, pretendendo voltar ao microlaser. Má decisão. O peso repentino fez sua mão direita escorregar do musgo, e quando Sai tentou se segurar, ele alcançou com a esquerda, agarrou os pacotes explosivos e os arrancou da mina enquanto caía na água. E isso, mais do que qualquer coisa, o salvou. Submerso, Sai olhou fixamente para a massa encharcada de explosivos rasgados enquanto seus pós vazavam, inúteis, na lama. E agora? Não exatamente o plano, mas um bom desarmamento tem muito de sorte.

Sai emergiu, sua boca já se abrindo para anunciar a realização de um bom trabalho, quando o coro sônico de energia mortal o parou completamente. Como o pior enxame de mosquitos já ouvido, as torres ao redor deles ligaram. Por quê? Porque Gregor estava lá, seu martelo cravado exatamente onde a mina estivera.

— Eu disse que te salvaria — disse Gregor, puxando seu martelo dos destroços.

— Vamos todos morrer — respondeu Sai.

TREZE

FAZENDO UMA ENTRADA

Resolva um problema e crie uma dúzia de outros. Ninguém nunca disse isso, mas era o que Gregor pensava enquanto seu martelo completava o movimento através da estrutura metálica e rochosa da mina, espalhando componentes por toda parte. Como destruições, esta não foi particularmente satisfatória; a mina era pequena demais. Faltavam as partes moles de um alvo vivo. Mas uma coisa que você aprende rápido quando tem um martelo é que não se fica chateado com a oportunidade de esmagar, não importa o que você esteja destruindo.

As torres, no entanto, não pareciam inclinadas a deixar Gregor aproveitar o momento.

— Tire Sai daí e vamos embora — a voz de Aurora soou dura no canal da equipe. — O prédio está logo à frente, não podemos enfrentar todos esses.

Gregor teria gostado de tentar, mas ele não dava as ordens. E, no fundo, Gregor sabia que não deveria. Então ele estendeu seu martelo, mergulhou-o na lama e quando sentiu Sai envolver as mãos nele, Gregor puxou para cima no momento em que o primeiro raio atingiu o tronco aos seus pés.

Quando o primeiro raio despedaçou a madeira podre sobre a qual Gregor estava.

A linha de conexão de Sai voou enquanto Gregor deslizava para a água, antes de se puxar com uma mão — a direita só largaria o martelo se ele morresse — para os restos de rocha que haviam sustentado a mina. Ao redor deles, o pântano se liquefazia sob a chuva de laser incandescente. Como se o próprio Dynas tivesse se armado e decidido que Sever seria seu primeiro e único alvo.

— Precisamos de cobertura! — Rovo se agachou atrás de uma árvore, balançando seu rifle, procurando um alvo no pântano nebuloso.

— Não, vocês precisam se mover — respondeu Aurora, e Gregor mal teve chance de se firmar na rocha antes que os três passassem por ele, os propulsores das botas em suas armaduras os carregando em longos saltos em direção a montes musgosos a metros de distância. Os três pousaram com toda a graça que se esperaria de soldados desajeitados em armaduras saltando através de fontes de gás e laser. Rovo escorregou das pedras e caiu de cara na lama, enroscando Aurora enquanto ela caía na mesma água rasa, antes de mergulhar e desaparecer sob a água. Eponi aterrissou de pé, espalhando lama e lodo por toda parte. Sai não ficou muito atrás, arrastando-se pela areia e se puxando através dos bosques de juncos.

Gregor tinha um plano melhor.

Com seu martelo na mão direita, Gregor se agachou na rocha e deu um salto impulsionado, balançando seu martelo acima da cabeça e pegando um galho grosso com a cabeça do martelo. A arma se enganchou e Gregor se lançou para frente, como um herói mítico. Combinado com seus propulsores, Gregor voou longe o suficiente para passar por cima de seus companheiros de esquadrão e fazer o primeiro pouso de sorte em terra firme que levava à estrutura.

O edifício, de perto, revelou-se muito mais do que um pequeno posto avançado. Como a mina, suas paredes cinza-escuras estavam cobertas de musgo e coisas maiores — Gregor podia jurar que árvores inteiras brotavam de seus cantos e fendas — como se ninguém tivesse limpado o prédio desde sua primeira construção. Luzes crepitavam de dentro, dando seu brilho branco à névoa.

Não estava vazio, então.

À esquerda, em uma seção limpa, havia uma plataforma de pouso flutuante com espaço suficiente para vários esquifes. Da plataforma saía uma larga rampa de metal com suportes submersos profundamente no pântano, levando ao que parecia ser a porta principal da estrutura e a única parte do edifício que parecia ter sido usada recentemente. Brilhando com o ar úmido, a porta parecia estável, construída para entregas, não para assaltos. O que Sever tinha aqui não era uma estação de energia, mas uma base completa, cuja cobertura chegava a vários andares de altura e que, pelo que parecia, continuava ainda mais abaixo da superfície.

Se Dynas tinha sido um mundo monótono e sem graça antes, bem, ainda era, mas pelo menos a missão estava ficando mais divertida.

Uma dor aguda dispersou sua concentração; Gregor levou um tiro na perna. Sua armadura desviou a maior parte, mas os lasers eram quentes o suficiente para enviar seu calor parcialmente através dela. O traje informou uma possível queimadura de segundo grau em sua pele. O que significava que Gregor tinha que se mover. Os outros surgiram chapinhando atrás dele enquanto Gregor dava seu primeiro passo pesado em direção à porta. Eles deveriam estar mortos a essa altura pelo fogo das torres, mas enquanto se moviam, os lasers continuavam a atingir ao redor deles em ângulos estranhos. Talvez a névoa os fizesse errar, ou talvez fossem velhos demais e estivessem com mau funcionamento. De qualquer forma, Gregor não ia reclamar. Sobreviver neste jogo exigia tanta sorte quanto habilidade, e hoje, depois de tanta má sorte, eles mereciam um pouco da boa.

— Eu vou quebrar a porta — disse Gregor, trazendo o martelo de volta para o aperto com as duas mãos enquanto avançava em direção à entrada.

Mesmo com a dor na perna, Gregor adorava este momento. A adrenalina disparou. Um alvo claro com o cheiro de ozônio e batalha denso no ar. A única coisa que poderia torná-lo melhor seria ter mais algumas coisas para esmagar.

Como se ouvisse o desejo de Gregor, a névoa ao redor deles se moveu, soprada por meios artificiais. Dois esquifes desceram em mergulho, carregados de soldados. Da nave de desembarque e através da lente do canhão, Gregor não tinha conseguido uma boa visão do que seus inimigos estavam vestindo, mas daqui, de perto, enquanto os alvos saltavam de seus esquifes e pousavam nas águas rasas, ele podia ver uma malha sintética entrelaçada cobrindo-os. Um traje corporal, então. Equipamento voltado para a funcionalidade em vez da proteção pesada do Sever, mas cada um na sua. Talvez eles tivessem alguma ventilação especial para o ar do pântano.

Vários idiotas, sacando rifles das bandoleiras, correram para impedir Gregor de chegar à porta. Uma jogada ousada. Uma jogada tola.

Gregor, agora a menos de cinco metros, ativou os

propulsores e saltou. Os guardas da pequena embarcação não devem ter esperado que um homem grande em armadura azul-acinzentada saltasse três metros no ar, porque seus primeiros tiros subestimaram lamentavelmente sua altura e passaram por baixo de Gregor, atingindo o nada. Sua defesa foi igualmente ineficaz: os soldados ergueram suas armas, tentaram prever onde Gregor cairia e perceberam que ele estava prestes a cair sobre eles. Ele aterrissou sobre o primeiro enquanto girava seu martelo em um amplo arco da esquerda para a direita, atingindo os outros dois e derrubando-os no chão.

A areia mole e encharcada sugou os corpos.

Gregor lançou um olhar rápido em direção às pequenas embarcações, mas Sever havia começado a fazer sua parte, e os lasers de seus rifles tinham os soldados das embarcações agachados, procurando desajeitadamente por proteção. Gregor tinha um caminho livre até a porta e, com um bom chute para nocautear o homem sobre o qual havia aterrissado, um guarda ofegante, Gregor completou os últimos metros até seu alvo. Ele ergueu o martelo e o esmagou contra a grande porta. A arma ricocheteou com um alto estrondo que ecoou sobre o combate e enviou um tremor vibrante pelo cabo, ao longo dos braços de Gregor, com vigor suficiente para fazer todo o seu corpo vibrar.

Gregor teria perdido o controle do martelo se não fossem os esforços de sua própria armadura para manter suas mãos coladas à poderosa arma. Uma modificação que ele havia feito após uma missão semelhante em X-29, um mundo feito e administrado por robôs obsoletos, onde a vibração havia se tornado tão forte após golpes consecutivos para quebrar o portão de fabricação de uma fábrica de robôs que Gregor havia quebrado ambos os pulsos.

Agora ele se segurava firme, agora ele se apressava para

um segundo golpe e, ao fazê-lo, girou a base do cabo. A energia cinética dos últimos golpes - começando com a rocha da mina - havia deixado o martelo pronto para agir, e desta vez, quando se conectou, a força de uma dúzia de toneladas métricas colidiu com a porta e a arrancou de seus suportes. O grande portão desabou para dentro, caindo no espaço de entrada com um estrondo alto e imensamente satisfatório.

Gregor ergueu o martelo de volta, olhou para seus resultados e anunciou:

— Sever, temos nossa entrada.

CATORZE

ACROBACIAS

Nada como um ataque de três contra uma dúzia. Eponi deixou Aurora tomar a frente enquanto elas chapinhavam pela lama arenosa em direção aos esquifes e aos soldados que desembarcavam deles. Se pressionada a descrever os uniformes deles, Eponi diria que pareciam os trajes aquáticos de Vitara, um planeta aquoso onde todos usavam roupas de mergulho para evitar que a umidade transformasse a população em passas. Dynas, aparentemente um imenso pântano, bem poderia ser a versão mais nojenta.

Nada disso, no entanto, impediu Eponi de disparar com sua pistola. Seus disparos amarelos se misturavam com os raios brancos das torres – que eram, em sua opinião, as torres mais imprecisas que já vira – e o fogo laranja do inimigo para criar um belo espetáculo de luzes acompanhado pelos gritos dos feridos e possivelmente moribundos. Não que Sever estivesse entre esse grupo. Eponi sentiu sua armadura receber impactos aqui e ali, as queimaduras de laser penetrando até suas pernas e braços, mas a menos que recebesse tiros repetidos no mesmo local, ela deveria sobreviver.

A DefenseCorp, e Sever, estavam preparadas para isso. Suas missões garantiam tiroteios. O equipamento de Sever praticamente garantia que eles sairiam vivos do outro lado.

E assim, quando Rovo passou correndo por ela, uma pistola laser de curto alcance em cada mão disparando loucamente em direção aos esquifes, como se tentasse derrubar seus inimigos pelo puro número de tiros disparados em vez de mirar onde esses tiros acertariam, Eponi o deixou ir. Ajustou seu ângulo para que a armadura volumosa de Rovo e a mochila de provisões que ele carregava da nave de desembarque servissem como uma cobertura improvisada, enquanto sua corrida-e-tiro atraía guardas do esquife mais à direita em direção ao prédio para interceptá-lo.

Os novatos tinham que aprender com seus erros, e avançar à frente da equipe definitivamente se qualificava como um.

Eponi sabia dos seus dias de corrida que conseguiria melhores voltas em uma pista desconhecida passando a primeira volta seguindo o piloto mais experiente. Eles saberiam onde diminuir a velocidade, onde acelerar, atalhos e assim por diante. Então, na próxima volta, ela os ultrapassaria e tomaria a liderança. Uma vitória fácil. Pelo menos, era assim que acontecia em sua cabeça. Como seria quando ela ganhasse o suficiente para voltar ao circuito.

Embora Rovo não fosse o mais experiente, ele ainda poderia mostrar a Eponi o que não fazer.

— Pegue a esquerda! — Aurora disse a ela, a líder enviando a comunicação diretamente pelos canais vinculados e anulando o plano de Eponi. — Rovo e eu manteremos a atenção deles. Você fica com o dever de flanquear.

Necessário, porque parecia que os soldados estavam montando uma barreira de energia ao longo da rampa que levava à entrada principal do prédio onde... Gregor avançava com um martelo. Os guardas pareciam estar ignorando o homem, e Eponi avistou três cadáveres esmagados, um argumento convincente do porquê. Sai, abandonando o Capitão Martelo, juntou-se aos três, acrescentando seu próprio rifle ao coro que, por enquanto, mantinha o inimigo atrás de sua crescente cobertura.

A barreira de energia capturava os raios laser e sugava sua energia, carregando as baterias do campo com cada tiro. Para flanquear uma posição defensiva como essa, Eponi tinha que ir pela esquerda e fazer isso sem ser vista. Seu próximo passo espalhou a lama e lhe deu uma ideia. Às vezes, o melhor movimento significava fingir o pior.

— Indo — disse Eponi. — Me deem cobertura.

Ela mergulhou para frente, agitando as mãos enquanto caía, parecendo que tinha sido atingida ou perdido toda a coordenação. No enxame de lasers, qualquer um apostaria na primeira opção. Eponi mergulhou na lama escura e tentou ficar o mais baixo possível, com o medidor de oxigênio de sua viseira servindo como pista de que ela havia submergido o suficiente. Então, pressionou os braços e pernas contra o fundo arenoso, impulsionando-se a uma velocidade lenta, mas constante, que deveria fazer pouca impressão na superfície. Manter os soldados no escuro o máximo possível.

— Rápido — as palavras de Aurora chegaram com um pouco de estática devido à interferência do líquido. — Estamos expostos, mas Gregor abriu a porta. Assim que você nos der uma chance, correremos para o prédio.

Eponi queria dizer que não tinha sido ideia dela fazer a investida imprudente através do pântano lamacento, mas manteve a boca fechada. Aurora sempre foi do tipo atacante, acreditando que uma ofensiva forte superava uma defesa covarde em qualquer situação. Uma tática que muitas vezes se encaixava bem na estrutura de missão de Sever, em menor número, com menos armas e perseguida; se parassem de se mover, Sever provavelmente acabaria morta. Mas aqui? Neste mundo nebuloso onde qualquer um teria dificuldade em montar uma resposta coerente? Sever poderia ter se escondido atrás das árvores, eliminado os guardas e torres de cobertura, e ter um bom desempenho.

Em vez disso, Eponi se puxou para cima na plataforma de pouso, perto do segundo esquife, mais distante. Ela teve que usar os propulsores das botas para subir – não que Eponi não tivesse bastante músculo puro e tradicional, mas esses trajes eram malditos pesados – e esses mesmos propulsores lhe deram um impulso inesperado e guinchante ao longo da plataforma flutuante emborrachada até que ela bateu o capacete na parte inferior do esquife. Chacoalhou bem o crânio, mas quantas vezes ela já havia se sacudido quase até a estupidez fazendo alguma manobra no circuito?

O silêncio, no entanto, cortou Eponi. Se ninguém de Sever viu seu deslize e batida, se nenhum deles a chamou por isso, então o esquadrão devia estar realmente em apuros. Ela olhou por cima do nariz do esquife, captando a situação. Os guardas haviam completado sua linha de campo de energia e agora a usavam para se levantar e enviar raios crepitantes em direção a Rovo, Aurora e Sai, que se abaixavam atrás de uma rocha que derretia constantemente no meio da aproximação.

O contra-ataque de Sever falhou quando a supressão do inimigo provou ser quase total. A rocha também não conseguiu fornecer cobertura contra várias torretas que pareciam estar se aproximando cada vez mais com seus raios incandescentes. Um olhar em direção ao prédio mostrou que

Gregor definitivamente havia arrombado a porta, mas alguns guardas o mantinham preso lá dentro, com Gregor disparando cegamente sem arriscar seu volume.

Eponi preferia salvar o esquadrão com pilotagem impecável, mas dada a situação, teria que se sujar. Ela jogou sua pistola de volta no coldre e alcançou por cima das costas a arma de assalto presa à sua armadura. Ao seu toque, o fuzil de assalto se soltou e Eponi o puxou, segurando o cabo do cano com a mão esquerda. Graças às armas de energia - Eponi já tinha brincado com armas de projéteis antes, e elas, com seus pentes volumosos e metais mais pesados, tornavam movimentos como esse muito mais difíceis. A arma não era exatamente leve como uma pena, mas Eponi não teve problemas em mirá-la na linha dos guardas e segurar o gatilho. O gás se ionizou, aqueceu e se lançou em raios brilhantes que se chocaram contra os guardas agachados e calmos.

Seus trajes azul-escuros se abriram em chamas laranja quando Eponi acertou em cheio, derrubando cinco soldados nos primeiros segundos. Os outros reagiram rápido, jogando-se da rampa para a água do pântano e abandonando sua fortificação. Um conseguiu cuspir um tiro em sua direção, o raio atingindo o nariz da traineira e deixando uma marca chamuscada no revestimento verde e marrom, de outra forma feio como o inferno.

— Aí está sua abertura — disse Eponi, continuando a costurar fogo ao redor das bordas da rampa para desencorajar qualquer bravura.

— Fazendo a corrida. Mantenha a cobertura, depois troque quando chegarmos ao prédio. — Aurora liderou o ataque ela mesma, novamente, o trio escalando e correndo além da rocha em direção à abertura.

Imaginava que Eponi iria por último. Com os guardas subjugados, Eponi girou e abateu algumas das patéticas torretas, explodindo os cubos das árvores e enviando seus destroços em chamas para a água. A DefenseCorp fez os fuzis de assalto para dispersar multidões, não para precisão, mas quando o alvo não se movia, até uma arma como essa podia fazer o trabalho.

— Pronta, Eponi — disse Aurora.

Com o sinal dado, Eponi deslizou o fuzil de assalto de volta para seu slot na armadura e correu ao redor do nariz da traineira. Os guardas também não esperaram por um momento melhor, mas gritaram que a oportunidade havia chegado e começaram suas próprias corridas para a plataforma de pouso. Aurora e Rovo deram a Eponi algum fogo de cobertura, sacando seus próprios fuzis e lançando raios azuis suficientes para que Eponi sentisse como se corresse através de uma explosão aquática. Os soldados enviaram lasers descuidados e errados atrás dela, e após vários segundos longos e passadas mais longas ainda, Eponi passou pela porta quebrada e entrou na doca de carga da base.

Caixas de suprimentos espalhavam-se pela área ampla, com o espaço imediato além da porta mantido livre para que novos transportes descarregassem, virassem e saíssem. Além desse alcance, as caixas nervuradas, codificadas por cores para indicar seu conteúdo, estavam empilhadas, esperando que alguém as pegasse em uma viagem de volta para onde quer que em Dynas servisse como suporte para esta base. O tamanho puro da área de carga, maior que alguns dos hangares de corrida que Eponi havia usado, falava sobre quão grande este prédio devia ser. Tantos suprimentos significavam muita equipe, significavam muito trabalho para manter este lugar funcionando.

E correr era o que Sever deveria estar fazendo, mas uma vez que ela passou por Aurora e Rovo, não parecia haver mais nenhum lugar para ir. Gregor e Sai estavam na única porta que levava mais para dentro, uma consideravelmente menor que a entrada principal, e aparentemente reforçada o suficiente para que o martelo de Gregor não pudesse quebrá-la. Pelo menos, foi isso que Eponi deduziu quando viu Gregor bater o martelo no chão e xingar.

— Você não pode cortar através disso com aquela coisa? — Gregor perguntou a Sai, que não sacou sua lâmina em resposta.

— Ela pode cortar metal bem — disse Sai — mas não vai atravessar algo tão grosso.

À direita da porta, projetando-se da parede, estava o que parecia ser uma sala de controle com janelas estreitas. Por elas, parecendo presunçoso, encarava um guarda vestido com o que parecia ser um uniforme verde-esmeralda mais normal. Ele observava Gregor e Sai brincando com a porta, e Eponi o observava. A única razão pela qual o guarda poderia parecer tão despreocupado com um monte de inimigos fortemente armados e blindados em sua base seria porque ele esperava invulnerabilidade. Se Sever não conseguisse avançar mais, eles eventualmente ficariam sem energia. Traineiras de reforço cheias de guardas frescos poderiam limpá-los.

— Precisamos de um novo plano — disse Gregor. — Estamos presos.

— Então encontre uma saída — respondeu Aurora. — Rovo e eu não podemos mantê-los presos para sempre.

Eponi continuou olhando, mas não viu nenhuma abertura de ventilação. Nenhuma outra porta ou maneira de abrir caminho. Gregor pegou o martelo e o balançou contra um ponto aleatório na parede, causando uma boa amassada, mas nada mais.

— Você tem alguma bomba grande? — Eponi perguntou a Sai. — Para explodir um buraco para nós?

— Se o martelo de Gregor não consegue quebrar, eu precisaria de um explosivo bem grande — respondeu Sai. — Não poderíamos ficar aqui dentro, e eu não vou voltar lá para fora.

Como que para dar verdade às palavras de Sai, raios começaram a zunir passando por Aurora e Rovo, que gritaram que uma terceira traineira acabara de pousar lá fora. A situação não estava melhorando, o que significava que eles tinham que recorrer a táticas incomuns.

— Gregor — disse Eponi, apontando para as janelas e o rosto do guarda. — Quebre isso.

Gregor, em sua grande armadura azul-acinzentada, olhou para ela por um segundo antes de dar de ombros. Ele deu dois passos longos antes de se inclinar para um amplo golpe em arco na janela e no guarda que recuava atrás dela. O martelo destruiu o vidro, espalhando estilhaços por toda parte.

— Pequeno demais — disse Sai.

— Para você, talvez — respondeu Eponi. Pilotos de circuito tinham que ser minúsculos - menos peso e tamanho resultavam em naves menores e mais ágeis - e Eponi achou que tinha chance de passar pela fenda. Só que ela não poderia manter sua armadura para fazer isso. — Me deem cobertura.

Eponi se aproximou da janela enquanto Gregor e Sai sacavam suas armas e mantinham o guarda lá dentro enco-lhido. Com as costas contra a parede sólida, observando Aurora e Rovo trocarem tiros cada vez mais desesperados com os guardas lá fora, Eponi acionou os comandos de saída de sua armadura. Ela pressionou um par de pequenos botões em sua cintura e, com uma série de cliques, sua armadura se desatou, desdobrando-se para longe dela como a casca de uma fruta particularmente madura. Projetado para viajar em naves apertadas, seu traje amarelo seguiu seu próprio algoritmo para se embalar e se comprimir firmemente, compactando-se em uma caixa não muito maior que a mochila cheia de provisões que ela havia tirado da nave de desembarque e colocado ao seu lado. Poucos segundos depois, Eponi estava apenas com seu fino traje corporal, entregando sua pistola laser para Gregor.

— Pronta? — disse Sai, realmente projetando sua voz através dos alto-falantes do traje, já que Eponi não tinha mais como acessar o canal do esquadrão sem seu capacete.

— Pronta. — Eponi deu um passo para trás da janela, avaliou a abertura. Seria apertado, mas ela conseguiria passar. — Agora!

Ela correu, saltou e agradeceu ao seu traje de pele por proteger suas mãos dos estilhaços de vidro restantes na borda da janela, como dentes serrilhados. Eponi se puxou para cima, deslizou através da abertura e pegou sua pistola laser quando o homem grande a lançou para ela enquanto ela completava a queda. O guarda lá dentro teve tempo de olhar para ela e começar a dizer algo antes que ela o fritasse.

— Bom arremesso — disse Eponi para Gregor, que ergueu o martelo em resposta.

A sala de controle mantinha as coisas simples. Uma série de botões transparentes, sem um console real. Surpreendentemente baixa tecnologia, mas então, parecia que esta base estava no meio do nada. Sistemas mais complicados significavam mais pontos de falha, e se você não pudesse ter manutenção confiável... Eponi sempre ria dos corredores de circuito que pensavam que suas naves super sofisticadas lhes davam vantagem. Eles explodiriam seu sistema de navegação com um micro-asteroide ou errariam o tempo de seus milhões de jatos e mandariam seu brinquedo caríssimo para o esquecimento, e frequentemente a si mesmos junto.

— Tenho nossa fuga — disse Eponi, digitando no painel e sorrindo enquanto os estrondos e batidas resultantes abriram a única saída interna da doca de carregamento.

— Tenho sua armadura — disse Sai, segurando-a enquanto ele e Gregor marchavam em direção à abertura. — Venha pegá-la, por favor.

— Estou a caminho — Eponi olhou de volta para o guarda. Perguntou-se se ele tinha algo que ela deveria pegar - ele usava um crachá, e outra porta, saindo da sala de controle, parecia ter um daqueles scanners de segurança.

— Vamos, Eponi! — gritou Aurora. — Estamos recuando!

Não adiantaria nada ficarem presos novamente. Eponi se abaixou, arrancou o crachá do guarda e voltou-se para a janela quando tiros de laser cascatearam através dela e Eponi se jogou no chão enquanto a energia quente costurava uma linha brilhante nas paredes ao seu redor.

— Preciso de uma abertura! — gritou Eponi.

Sem resposta, mas o fogo vindo em sua direção cessou, então Eponi arriscou uma olhada. Sever havia desaparecido da doca de carregamento, embora pelo menos dois de seus companheiros de esquadrão mantivessem algum fogo de sua nova porta. Guardas naqueles trajes aquáticos entravam em massa pela entrada principal, praticamente garantindo uma morte rápida para Eponi se ela fizesse um salto desprotegido pela janela. Mudança de planos, então. Uma nova rota. Ela se esticou, reverteu os botões que havia pressionado anteriormente e fechou a nova porta de Sever. Então Eponi explodiu os controles, derretendo os botões.

O fogo de resposta veio em sua direção, então Eponi se agachou, arrastou-se até a porta e colou o crachá no scanner, rezando para que abrisse. Com um bipe, abriu, revelando um pequeno corredor do outro lado. Sozinha, desarmada e apenas com sua fiel pistola laser para proteção, Eponi atravessou.

Uma corredora tinha que se adaptar ao inesperado.

QUINZE

MOVIMENTO DE NOVATO

Assim, de repente, Sever havia sido reduzido a quatro. Eponi havia desaparecido por aquela janela enquanto Rovo lançava sua granada de fumaça, e ela não havia retornado. Em todos os filmes, o herói sempre escapa depois de fazer a grande jogada, mas Rovo tinha que ficar se lembrando que não era assim. Eles estavam lidando com consequências reais aqui, não era apenas um jogo. Então, quando Gregor entregou a Rovo a armadura de Eponi, que havia se comprimido em um pacote retangular e organizado, Rovo realmente teve que carregá-la.

— Ela vai precisar disso — disse Gregor.

— Vai se encaixar na sua mochila — disse Sai, aproximando-se de Rovo por trás enquanto Aurora cobria a pequena porta, agora fechada, que levava de volta à área de carga.

Gregor assumiu o papel de líder, uma posição que seu martelo lhe garantia, uma posição que ninguém se importava em disputar com ele. O corredor em que haviam entrado era consideravelmente mais largo que um corredor normal, grande o suficiente para carrinhos de suprimentos passarem, mas comparado ao pântano aberto, parecia terrivelmente similar às estações espaciais onde Rovo viveu por tanto tempo. Não era uma sensação à qual ele gostaria de retornar, mas supôs que a familiaridade ajudava a acalmar o pânico que vinha crescendo desde que aquelas torres começaram a atirar nele.

Seu ombro direito doía, e Rovo sabia que seu joelho esquerdo precisaria de alguma atenção. Ele não sabia se haviam sido os guardas ou as torres que o atingiram enquanto Rovo fazia a corrida final em direção à base, mas aqueles flashes vieram com tanta surpresa quanto dor. As simulações nunca acertavam essa parte - elas podiam reproduzir as batalhas perfeitamente, com visuais incríveis, mas a sensação real de levar um tiro? A DefenseCorp ainda tinha um longo caminho pela frente antes de conseguir eliminar o medo de seus recrutas. Apenas a presença firme de Aurora e a ideia do martelo de Gregor aplicando um golpe fatal a um desertor mantinham Rovo na linha agora.

O pânico sutil de Rovo não residia apenas em sua mente. Suas mãos tremiam, o suor escorria de todos os lugares, mesmo que seu traje mantivesse sua temperatura ideal. O estômago de Rovo revirava, e ele continuava apertando as mãos no gatilho de seu rifle, como se a arma pudesse de alguma forma salvá-lo da situação em que se encontrava. A criatura do pântano havia sido empolgante, uma estranha emoção para iniciar a aventura, mas esses guardas? Eles não eram pesadelos ruins, eles estavam realmente tentando matá-lo.

Se Rovo não conseguisse se recompor logo, eles provavelmente teriam sucesso.

Sever passou pela entrada do que parecia ser um refeitório, convenientemente próximo ao local onde alguém descarregaria comida, antes de continuar até uma intersecção circular. Corredores se dividiam para a esquerda e direita, enquanto à frente, uma grande porta deslizante tinha sua face cromada coberta com um profundo 1 verde. Nas laterais dessa porta, números de andares brancos como neve pintavam painéis cromados, embutidos em botões. Parecia um elevador que podia subir ou descer um único andar.

— Algum palpite? — perguntou Sai. — Você já viu alguma planta baixa naquele seu trabalho de comunicações, Rovo?

— Não de lugares como este — respondeu Rovo. — Bases secretas em planetas escondidos tendem a não passar pelos canais oficiais.

— Vamos nos separar — interrompeu Aurora, caminhando até o centro do círculo e inspecionando a porta. — Não vou presumir que Eponi está morta até encontrarmos seu corpo, mas também precisamos achar uma saída desta base que não envolva voltar para aquelas pequenas naves.

— Espera, você quer que a gente se separe? — disse Rovo. — Com todos aqueles caras lá atrás? — Sever olhou para Rovo, seus capacetes escondendo expressões que o novato podia imaginar não serem muito elogiosas. — Olha, eu sei que sou novo, mas você não pode estar pensando seriamente que andar por aí em pequenos grupos é o plano certo?

Aurora se virou novamente, encarando Rovo diretamente. — Rovo, eu aceito sua opinião, mas quando dou uma ordem, espero que seja seguida sem discussão. Você está blindado, tem armas mais pesadas do que eles. Corredores pequenos nos favorecem, porque não podemos ser cercados. — Ela se virou parcialmente de volta para o elevador. — Estamos em um planeta que não conhecemos, lutando contra uma força que não entendemos. Separem-se, encontrem Eponi e uma saída. Aprendam o que puderem sobre este lugar também, pode nos ajudar a encontrar o VIP.

Rovo havia se esquecido do alvo. Com tudo o mais acontecendo, percorrer o planeta para resgatar quem quer que tenha enviado aquele primeiro sinal parecia o cúmulo da loucura. Seu rifle já estava com pouca energia, e embora Sever tivesse energia sobressalente, lutar assim os deixaria esgotados e vazios em pouco tempo. Qualquer objetivo que tivessem no início, Sever não poderia alcançá-lo agora, não sem algumas mudanças importantes.

— Eu levo o novato e vamos encontrar Eponi — disse Sai. — Vocês arranjem uma saída para nós.

Sai? Por que o cara das demolições queria ficar com Rovo? Novamente, os malditos capacetes escondiam as expressões, então Rovo teve que presumir que Sai havia perdido algum tipo de aposta. Nem Aurora nem Gregor contestaram a decisão, e este último apertou o botão do andar inferior no elevador. Por que descer em vez de subir? Rovo não sabia, mas já havia levado uma bronca de Aurora uma vez nesta conversa e não queria levar outra.

— Ótimo — disse Aurora. — Avisaremos quando encontrarmos algo. Façam o mesmo.

Rovo esperou aproximadamente três minutos depois que deixaram a intersecção, com Aurora e Gregor desaparecendo dentro do elevador, para perguntar a Sai por que ele havia escolhido ir com o novato. Eles estavam se movendo lentamente pelo corredor da direita, que parecia poder se reconectar com a rota de Eponi. Portas alinhavam o espaço, fechadas e com leitores de crachá. Sai poderia tê-las explodido, ou talvez cortado com sua espada, mas Eponi provavelmente não estava se escondendo em alguma sala aleatória. Sai também havia assumido a liderança, caminhando cautelosamente com seu rifle à frente e mirando. Rovo sabia o suficiente para se virar de vez em quando enquanto passavam sob as pequenas luzes brancas do teto para verificar a retaguarda.

— Por quê? Porque eu já fui um novato também — disse Sai. — Achei que deveria retribuir o favor que outro cara fez por mim. Eu sei que é assustador aqui fora, sua primeira missão assim.

Sentimento? Calor de um Sever?

— É... difícil — admitiu Rovo.

— O melhor conselho que posso te dar? Não se deixe levar pela emoção. Guarde isso para depois — respondeu Sai. — Agora é tudo sobre sobrevivência, e se você quer fazer isso, precisa manter a calma.

— Acho que não deveria me surpreender em ouvir isso de um especialista em explosivos.

— De qualquer um que tenha sobrevivido a mais de algumas missões. Geralmente, a solução para um problema, mesmo num tiroteio, não é continuar atirando. Você precisa saber onde mirar, encontrar o ponto fraco.

— Agora você está só falando clichês.

— Eles são clichês por um motivo. Vão te manter vivo.

O corredor fez uma curva acentuada à esquerda, e eles chegaram a outra porta, esta pintada com o sinal amarelo característico de radiação. Um leitor de crachá nesta porta também. Sai ficou em frente à entrada enquanto Rovo o alcançava. Ele tentou adivinhar o que Sai estava olhando, mas não conseguiu.

— Sabe o que é estranho? — disse Sai, ainda encarando a barreira. — Não há nenhum alarme soando aqui dentro. As luzes estão todas com o tom normal. Sem evacuação, sem chamadas às armas. Uma base como esta, você pensaria que haveria uma equipe inteira aqui lutando contra nós.

— Teve aquele cara que a Eponi derrubou.

— Um? Não, é muito pouco. — Sai estendeu o braço, empurrou Rovo um passo para trás. — Me dê um espaço. Vou cortar isso.

— De todas as portas, você está escolhendo a que tem o sinal de radiação?

— Olhe bem. A porta é fina demais para bloquear algo realmente perigoso. O que quer que esteja atrás disso pode causar um problema, mas não está despejando morte agora mesmo.

— Então você vai arriscar baseado num palpite?

Quando você lê inúmeras comunicações indo de um lado a outro do alcance galáctico da DefenseCorp, você logo ignora as comuns. Rovo, no entanto, conseguia se lembrar de vários relatórios de missão notáveis descrevendo comportamentos de avançar-e-que-se-danem-as-consequências resultando em aniquilações de esquadrões, falhas totais ou consequências não intencionais. Havia missões bem-sucedidas também, mas os desastres ficaram com ele, e passaram rapidamente pela mente de Rovo enquanto Sai lançava um olhar firme ao novato.

— Você tem alguma ideia melhor? Eponi não tem proteção agora, e aqueles guardas vão vir atrás de nós eventualmente.

Os guardas. Eles deveriam estar falando uns com os outros e, apesar da discussão anterior, Rovo tinha que acreditar que esta base não havia sido abandonada. Caso contrário, por que gastar todo o esforço para protegê-la? E para fazer isso de forma eficaz, o inimigo precisaria coordenar, e Rovo poderia ser capaz de escutar. Como oficial de comunicações do Sever, Rovo tinha preenchido espaços em seu traje que outros gastariam com acessórios - sem dúvida mais bombas no caso de Sai - com equipamentos de captação de sinais que deveriam dar a Rovo uma chance de ouvir o que estava acontecendo.

— Deixe-me verificar as ondas de rádio — disse Rovo. — Posso ser capaz de ouvir se alguém pegou Eponi, ou se há algo atrás desta porta com que precisamos nos preocupar.

— Você pode ouvir o que eles estão dizendo, e só está fazendo isso agora?

— Sim, estou fazendo isso agora. Quando não estamos sendo alvejados.

Sai provavelmente estava certo que Rovo deveria ter estado escutando muito antes deste momento, mas ei, novatos aprendem com a experiência. Rovo não se culparia por não ser um especialista em atirar lasers e analisar mensagens inimigas ao mesmo tempo em sua primeira missão real.

Rovo ativou o interceptador de comunicações, codinome Bug, com um comando vocal. Seu capacete se encheu com sons de conversas confusas, vozes humanas claras que falavam em chiados, bipes e uivos sem tom.

— Eles estão falando muito, mas está criptografado — disse Rovo enquanto Sai desembainhava sua espada, medindo o golpe. — Preciso adicionar os códigos ao Bug.

— Então estamos de volta onde estávamos.

— Não, espere. Deixe-me tentar algo. — Bug podia fazer mais do que apenas escutar transmissões, Rovo podia usar o sistema para localizar de onde as transmissões vinham. Ele fez isso agora, e um mapa borrado apareceu em sua viseira. Sem contornos ou linhas físicas, mas sim pontos coloridos com distâncias relativas que apareciam e desapareciam lentamente conforme Bug captava mensagens e as analisava. Muitas vinham de trás deles, de volta na direção da entrada da base, mas algumas outras vinham da frente. Não muito longe, também. — Parece que há alguém do outro lado da porta.

Duas maneiras de reagir a essa observação. Ou Sai e Rovo poderiam entendê-la como evidência de que estavam indo pelo caminho errado e tentar encontrar outra opção, ou usá-la como prova de que nada terrível estava do outro lado da barreira. Presumivelmente, os guardas não ficariam por perto em um depósito radioativo.

— Bom. Vamos atravessar. — Sai tomou a decisão, erguendo a lâmina.

Rovo mirou seu rifle de assalto no centro da porta, bem no círculo nuclear. Tomou uma respiração profunda e esta-bilizadora. Ele tinha passado quase meia hora entre tiro-teios, e tinha sido a mais longa e melhor meia hora de sua vida.

O intervalo acabou.

Sai dividiu a porta com um corte de canto a canto, seguido por um segundo corte transversal, e quando isso não conseguiu tirar a porta do caminho, o espadachim abandonou todo o estilo e cortou outros pedaços com golpes direcionados. Durante todo esse tempo, Rovo, com o Bug desligado para poder se concentrar, tentava ver além, procurando alvos, se existissem.

Embora Rovo não pudesse ver radiação, a destruição sistemática da porta por Sai revelou uma grande sala além, iluminada de verde, com o que pareciam micro-reatores encapsulados em colunas protegidas. Não era tão surpreen-dente - uma base isolada como esta precisaria de sua própria fonte segura de energia, e Dynas não parecia propício a uma solução solar - mas Rovo tirou o dedo do gatilho de qualquer maneira. Não queria arriscar um tiro errado causando um derretimento nuclear.

— Desculpe — disse Sai quando terminou de cortar a porta em tiras literais. — Pensei que seria mais fácil.

— Ainda assim pareceu legal.

Eles entraram devagar na sala, Sai optando por manter a katana à mostra pelos mesmos motivos que Rovo hesitava em usar seu rifle. Morrer por explosão nuclear seria pelo menos rápido, mas, no geral, seria melhor evitar. Quatro reatores e suas colunas, cada um com vários metros de largura e se estendendo do chão até o teto em majestade cromada e limpa. O brilho verde vinha de uma infinidade de luzes indicadoras ao redor de cada coluna e dos mostradores necessários exibindo calor, saída de energia e outras informações que Rovo supunha que seriam úteis para aqueles que as entendessem. O importante era que os reatores pareciam em bom estado, apesar da invasão e da luta ao redor do exterior do edifício.

No lado oposto da sala, a usina de energia terminava com uma parede reta que parecia grossa o suficiente para levar ao exterior. Um par de outras saídas menores ficava à direita e à esquerda de Rovo. A ideia de que o prédio tinha sido projetado para canalizar as pessoas por um monte de reatores nucleares parecia absurda, mas então, também parecia a ideia de construir qualquer assentamento neste mundo amaldiçoado.

— Cuidado — disse Rovo enquanto começavam a se mover para a direita, teoricamente mais perto de encontrar Eponi. — O Bug detectou algumas pessoas por aqui.

— Não estou vendo nada.

Sai tomou a liderança, chegando quase à porta enquanto Rovo ficava de vigia, tentando enxergar atrás das colunas. Elas eram grandes o suficiente para fornecer uma excelente cobertura, perigosas o bastante para que você não quisesse atirar em alguém escondido atrás delas de qualquer maneira.

— Desistam! — o grito veio do lado oposto da usina de

energia, perto da parede externa. — Vocês estão em menor número, e é perigoso demais lutar aqui!

— Vou para a porta — disse Sai. — Me dê cobertura.

Rovo não sabia como dar cobertura a alguém quando estava com medo demais de atirar e não conseguia ver ninguém para atirar mesmo se quisesse. Então, ele recorreu ao seu treinamento, ao seu instinto.

— Por que deveríamos desistir se é perigoso demais para lutar? — Rovo gritou de volta enquanto Sai se dirigia pesadamente à porta, os pés blindados do espadachim fazendo os estrondos mais altos contra o piso de metal.

Silêncio, exceto pelos passos de Sai. Talvez Rovo os tivesse enganado. Então uma forma apareceu, espiando do último reator à direita. A pessoa mirou um rifle e disparou um tiro contra Sai, errando para a esquerda. Rovo recuou contra o reator direito mais próximo, depois se inclinou pela direita para ver se conseguia disparar seu próprio tiro, super seguro. Quando o guarda saiu novamente, enquanto Sai alcançava a porta do lado direito, Rovo ousou disparar um par de tiros. Eles se chocaram contra a parede perto do alvo, um tiro terrivelmente ruim que, mesmo assim, fez o guarda se encolher de volta para a cobertura.

— O que você está fazendo? — gritou Rovo. — Vai matar todos nós!

— Olha quem fala! — respondeu o guarda.

— Trégua?

— Nunca!

Sai começou seu trabalho de invasão na porta. Embora sem dúvida fosse divertido balançar uma espada contra o metal, ficar parado sem nenhuma cobertura fazia de Sai um alvo que qualquer soldado adoraria atacar. Rovo tinha que fornecer cobertura, o que significava distrair os guardas o máximo possível. Então Rovo correu. Direto para o inimigo.

— Não demore muito! — Rovo gritou enquanto contornava o reator e corria — tanto quanto se podia em uma armadura como aquela — em direção ao último reator da linha.

O guarda espiou quando Rovo correu, e Rovo novamente disparou tiros, mirando intencionalmente longe do guarda, mas perto o suficiente para fazê-lo se encolher de volta. Filmes de ação passavam por sua mente enquanto corria, Rovo pensando que poderia fazer uma curva rápida ao redor do reator e golpear o guarda com a coronha de seu rifle, assim nocauteando o inimigo sem explodir tudo, salvando o dia de maneira espetacular.

Em vez disso, quando Rovo virou a esquina ao redor do reator do guarda, ele encontrou algo bem longe da glória: absolutamente nada. Apenas espaço aberto até o próximo reator, o que estava na diagonal de onde Rovo havia começado sua carga maníaca. Mas se o guarda havia fugido para cá, isso poderia significar... ah, droga.

— Sai! Cuidado! — Rovo transmitiu enquanto se virava.

— Já passei, onde você está? — respondeu Sai, e Rovo confirmou as palavras quando olhou de volta por onde tinha vindo e não viu sinal de seu companheiro de esquadrão.

— Estou voltando, me dê cobertura!

Rovo começou a voltar, quando vários tiros foram disparados pela frente da sala, no corredor que Sai acabara de invadir. O guarda deve ter chegado lá primeiro. Sai arriscou um contra-ataque enquanto Rovo voltava pesadamente naquela direção. Um guarda contra dois Severs deveria ser uma luta rápida.

— Rovo! Tenho que continuar me movendo, há mais deles aqui — Sai enviou, o esforço ofegante atravessando a transmissão. — Vou explodir o corredor. Não venha atrás de mim!

Não ir atrás dele? Rovo se plantou contra a parte de trás de seu primeiro reator. A saída de Sai não estava longe, mas se seu próprio companheiro de esquadrão estava dizendo para não ir lá, então, bem, então Rovo deveria encontrar outro lugar. Ou pelo menos cuidar do guarda. Ou... alguma coisa?

— O que eu faço? — Rovo enviou.

— Não morra! — Sai continuou falando, mas as palavras foram distorcidas por um estrondo retumbante, seguido por uma grande nuvem de poeira e estilhaços que saiu do corredor.

Rovo se jogou no chão, embora o movimento não fosse fazer nada se a detonação de Sai desencadeasse um dos reatores. Quando ele não desapareceu em uma explosão radioativa, Rovo se levantou, voltou em direção à primeira porta marcada com o símbolo nuclear por onde tinham entrado e olhou para o caminho de Sai. O guarda que estivera atirando neles jazia no chão, aparentemente inconsciente. O corredor de Sai parecia o mesmo; quebrado e inútil.

Ele ainda tinha a armadura de Eponi, então Rovo não queria correr de volta para o elevador que Aurora e Gregor tinham pego, uma rota que provavelmente o levaria a um confronto frontal com todos os outros guardas do esquife. O que significava que ele tinha uma escolha: a outra porta lateral. Esta também tinha uma trava com scanner, e Rovo não tinha uma espada para fatiar e picar. Isso deixava uma estratégia, e embora seu primeiro filme de ação tivesse falhado, este poderia funcionar.

— Milhões de vídeos não podem estar errados, certo? — Rovo disse para si mesmo enquanto se aproximava da porta, erguia seu rifle e atirava no scanner.

Os lasers atingiram e fritaram a trava, transformando o leitor liso em escória gotejante. A porta não se abriu, então

Rovo continuou atirando, esgotando energia valiosa que, no entanto, seria inútil se Rovo morresse. Um pequeno incêndio começou, e conforme as faíscas se juntaram à fonte de chamas, a porta finalmente cedeu e se abriu. Rovo tirou a mão do gatilho e ficou olhando.

Não achou que isso realmente funcionaria.

Atrás dele, o barulho crescente sinalizava a aproximação dos guardas, provando que ele havia escolhido o caminho certo. Ele definitivamente estaria morto se voltasse pelo outro caminho, então Rovo correu para frente em vez disso, abaixando-se pela porta menor e entrando em outro desfile de escritórios. Diferente do corredor geral anterior, estes não tinham scanners. Talvez ele tivesse chegado longe o suficiente na base para que as precauções de segurança pudessem ser relaxadas. Os primeiros escritórios pelos quais passou tinham janelas, que mostravam um mundo excessivamente pitoresco de consoles, canecas de café e vida corporativa. Uma vida pela qual ele de repente se sentiu nostálgico. Sem correr por aí de armadura, sem levar tiros, sem ser abandonado.

Ou perseguido.

Rovo entrou pela próxima porta à esquerda, batendo no painel enquanto entrava para desligar as luzes com sensor de movimento. Enquanto Rovo se agachava, o melhor que podia na armadura, embaixo da janela e sob o alcance alto de uma mesa de pé, alguém na base finalmente decidiu que era hora de soar o alarme. Sons agudos gritaram enquanto todas as luzes brancas mudaram para vermelho e diminuíram, dando uma vantagem visual para qualquer equipamento visual que os guardas carregassem.

Eles estariam caçando agora. Caçando por ele.

DEZESSEIS

NAS PROFUNDEZAS

A DefenseCorp bombardeava seus soldados com perfis psicológicos. Capitães de esquadrão ainda mais. Eles haviam perdido tantas missões devido a líderes seniores que quebravam que Aurora tinha que passar um tempo com os próprios terapeutas da *Nautilus* após cada missão.

As perguntas deles se desviavam dos traumas de infância, das razões pelas quais Aurora queria pegar um rifle e mergulhar em território hostil. Em vez disso, eles cutucavam e sondavam seu estado mental atual - como ela se sentia quando seu companheiro de esquadrão desaparecia em uma tempestade de fogo, ou quando algum predador nativo devorava o alvo de Aurora antes que ela pudesse resgatá-lo. Aurora gostava demais da ação?

Mas a questão era que esses terapeutas estavam na DefenseCorp pelo mesmo motivo que Aurora: o dinheiro. Assim que ela percebeu isso, uma vez que entendeu que poderia recitar um mantra semelhante em cada sessão que permitiria que tanto ela quanto o terapeuta recebessem seu pagamento e fossem para casa?

A terapia se tornou outro exercício. Um que Aurora

poderia resolver com pouco esforço e menos reflexão. Dynas, não importa quão pantanoso, quão cheio de soldados baratos, seria apenas mais uma dança de debriefing no caminho de Aurora para a aposentadoria.

O elevador desceu mais do que ela ou Gregor esperavam. Muito mais do que uma típica descida de um andar, uma descida que sugeria que o porão tinha outras operações além de um simples espaço de armazenamento.

— Posições. — Aurora moveu-se para o canto traseiro esquerdo, rifle erguido, Gregor se apertou contra a parede logo dentro da porta, do lado oposto a Aurora.

Quando o elevador atingiu o fundo, abriu-se com o deslizar limpo de uma porta bem conservada, revelando três... guardas? de terno preto. Aurora hesitou em chamar o trio assim, já que sua postura sugeria que não viam ação há muito tempo, se é que alguma vez viram. Eles olharam fixamente para Aurora, armas em punho, como se ela tivesse vindo do pântano, talvez, ou descido de seus pesadelos.

Aurora derrubou dois antes que pensassem em se mover, e Gregor, saindo e balançando, cuidou do terceiro, que pensou que recuar para se proteger o manteria seguro. Ninguém esperava o martelo gigante.

O que os inimigos acima também não esperariam, a menos que seu dia a dia tivesse muito mais estranhezas do que Aurora teria imaginado, seriam os três corpos de seus associados esperando no chão do elevador quando o abrissem novamente. Aurora e Gregor jogaram os corpos dentro e enviaram o elevador de volta para cima, prontos para chocar e, talvez, atrair alguma perseguição para longe de Rovo e Sai. E Eponi.

Aurora já havia perdido membros do esquadrão antes. Sever dificilmente era conhecido por sua resiliência, já que as missões que a DefenseCorp os enviava tendiam a ser estranhas e mortais. Ultimamente, no entanto, Sever estava em uma boa fase, com um par de missões limpas e um membro do esquadrão realmente saindo para uma missão diferente em vez de morrer frio e sozinho em algum mundo esquecido. Uma boa mudança de ritmo. Aurora não queria que Eponi morresse aqui, obviamente, mas dos membros do esquadrão para perder, abandonar o piloto seria ruim. Esperançosamente Rovo e Sai estavam à altura da tarefa.

— O que é este lugar? — Gregor fez a pergunta enquanto se afastavam do elevador.

Uma pergunta justa.

O que parecia uma base bastante padrão de mundo exterior - longos corredores utilitários com luzes econômicas, material resistente à corrosão, etc. - transformou-se, aqui embaixo, em algo completamente diferente. O metal abundava, sim, junto com as mesmas luzes brancas fracas embutidas no teto, como se alguém tivesse colocado uma fina sombra sobre as lâmpadas, mas agora, correndo pelo teto e ao longo das paredes e mantidos ali por pequenas braçadeiras pretas, havia tubos e tubos e mais tubos. A maioria destes era translúcida, o que poderia parecer um toque desnecessário, mas que Aurora entendia ser preventivo: se você pudesse ver como o líquido fluía, poderia segui-lo até a fonte, ou um vazamento.

Neste caso, verde, azul e cinza corriam em alta velocidade. Mesmo sem bolhas de ar, pequenas ondulações evidenciavam que, ao redor de Gregor e Aurora, líquidos corriam apressadamente para chegar a algum lugar.

Definitivamente não um elemento padrão para postos avançados. Não um elemento padrão para lugar nenhum.

O corredor, também, abraçava ambições maiores do que seus colegas da superfície. Aurora calculou que o espaço mais que triplicava as dimensões da versão acima do solo, permitindo um par de portas enormes em cada lado não muito longe do elevador. Atrás delas, o corredor terminava rapidamente com uma parede sólida, embora os tubos se conectassem à barreira como uma estação de bombeamento, desaparecendo através do que quer que estivesse além. Fazia sentido que esses mesmos tubos se agrupavam e sugavam através das bordas das portas gêmeas. A fonte para os destinos.

— Esta missão está ficando cada vez mais estranha — disse Aurora. — Estou começando a me perguntar o que realmente está acontecendo aqui.

— Não gosto disso — respondeu Gregor, apontando com a mão livre para os tubos. — Isso não é normal.

O que se provou igualmente anormal, no entanto, foi a eventual abertura do corredor à frente deles. Aurora conduziu Gregor em direção ao espaço, revelado pela expansão das luzes do teto à medida que o corredor se alargava em um túnel massivo, com um trilho mag-lev completo e um único bonde parado ali, pairando sobre suas trilhas magnéticas. O próprio bonde parecia poder acomodar uma dúzia de pessoas se elas se importassem em se apertar, então quem quer que fosse o dono deste lugar não tinha interesse em movimento de massa populacional. Explicava os esquifes - se você não pudesse trazer todos os seus guardas aqui para uma resposta rápida através do trilho, por que não voar? O bonde também justificava as torres e minas, já que ir para o subsolo evitava toda a configuração em primeiro lugar.

— Agora temos nossa saída — disse Aurora. — Vamos recolher os outros e ir. Aposto que isso nos levará mais perto do alvo.

Gregor concordou. Aurora tentou enviar uma transmissão no canal do esquadrão, mas não obteve resposta.

Com as paredes metálicas da base fornecendo proteção, a transmissão poderia não passar, o que significava que precisariam voltar à superfície. Lutar novamente contra as tripulações dos esquifes. Não era algo que Aurora ansiava, mas nos corredores mais apertados, as armaduras de Sever deveriam dar-lhes uma vantagem.

— As luzes estão ficando mais fracas — disse Gregor enquanto se afastavam do bonde. — Alguém está brincando conosco.

Aurora mudou o visual de sua viseira para tentar medir a radiação elétrica, ter uma noção de onde a energia poderia estar sendo puxada ou bloqueada. A fiação por trás das luzes, cujo brilho branco desaparecia nessa frequência, iluminou-se como raios cintilantes entrelaçados ao redor das paredes, como pequenos ossos vibrantes. Ela podia ver as linhas de cada luz para outra, e como elas fluíam para ambos os lados das grandes portas e além delas, em direção à superfície. Pela forma como estavam orientadas, Aurora viu que a concentração de energia estava na sala à esquerda. Algo ali determinava o comportamento dessas luzes.

No entanto, antes que Aurora pudesse fazer qualquer pronunciamento, ao mudar sua viseira de volta ao espectro normal, as luzes piscaram em vermelho e um alarme estridente soou. Sob esse ruído, veio um rangido mais forte quando algo abriu as duas portas gigantes.

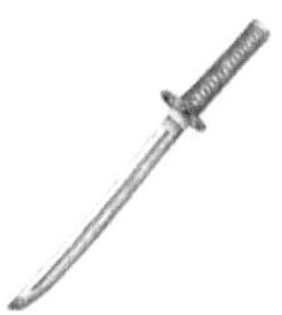

DEZESSETE

MONITORAMENTO NO CORREDOR

Sai se levantou lentamente do chão do corredor, sacudindo ondas de poeira que eram carregadas pelo sistema de ventilação da base à medida que ele se erguia. Uma rápida verificação atrás dele confirmou que a mina que jogara, destinada a garantir um ponto de evacuação ou contenção contra um ataque inimigo, havia, na verdade, o protegido da investida de quem quer que fossem aquelas pessoas.

Com lasers explodindo ao redor e, ocasionalmente, atingindo sua armadura traseira, Sai havia arremessado a mina contra a parede ao virar uma esquina depois de deixar a sala da usina de energia. Rovo parecia ter sobrevivido à explosão, embora enviar o novato para lutar sozinho pela base... bem, Sever não era para os fracos.

— Rovo, qual é a sua posição? — Sai perguntou, enviando a mensagem pelo canal do esquadrão. Se Aurora e Gregor ouvissem a pergunta e fossem procurar o novato, também seria bom.

Nenhuma resposta. Silêncio total. O que significava que Rovo poderia estar morto, mas certamente confirmava que Sai estava por conta própria. Não era um evento incomum para Sever – seu baixo número de unidades acabava exigindo muitos esforços solo em suas missões – mas nunca era uma situação desejada. Mas, uma vez sozinho, você ou avançava ou morria.

Sai se moveu.

Mesmo com esses capacetes, Sai não conseguia ver tudo ao mesmo tempo. Então, enquanto continuava pelo corredor, Sai encostou as costas em uma das paredes e se moveu lateralmente, observando atrás e à frente ao mesmo tempo. Era improvável que as tropas da base tivessem algo que pudesse atravessar os escombros da bomba tão rápido, mas quem se arrisca morre pelo mesmo motivo.

A primeira vez que Sai realmente ficou sozinho foi logo depois de aceitar a oferta da DefenseCorp. Já fazia muito tempo agora, e aquele bônus por se alistar parecia terrivelmente pequeno diante dos anos que Sai havia sacrificado. Mas quando você tem duas bocas pequenas para alimentar e a empresa de segurança para a qual você trabalhava teve seus contratos comprados pelo gigante do ramo, que opções você tinha? Sai e sua família sabiam o que significaria para ele ir para fora do planeta, que ele poderia nunca mais vê-los novamente, ou se visse, não seria por anos e anos e anos. Uma decisão difícil tornada certa pelo que aconteceria se ele não partisse: a miséria.

Então ele embarcou no ônibus espacial da Defense-Corp, seu bracelete cheio de fotos e vídeos de despedida de sua família, e voou para as estrelas pela primeira vez com um monte de outros cadetes nervosos. Sai não sabia o que havia acontecido com aquelas pessoas também, já que foram enviados para seus respectivos centros de treinamento especializado logo após entrar em órbita. Alguns deles ainda poderiam estar viajando pelas estrelas para sua primeira missão, pelo que Sai sabia. Ele teria trocado de lugar com eles também – receber um salário fixo sem um laser queimando sua cabeça?

Não era um mau negócio.

Se o início da base, através da entrada principal que Gregor havia destruído, parecia o centro de carga e logística, esta parte parecia o coração pulsante da base. As paredes aqui tinham algumas decorações, para começar, quebrando o interminável aço prateado com quadros pendurados, mensagens da equipe e cronogramas. As coisas que você teria ao alcance dos dedos, mas que, no entanto, acrescentavam à comunidade por serem postadas onde as pessoas podiam rabiscar notas umas para as outras nas margens. Um grande quadro pregado parecia completamente preenchido com pontuações de longo prazo para vários jogos. Aparentemente, a equipe em tempo integral da base se divertia um pouco.

Com sua espada em punho, Sai se aproximou da primeira porta que interromperia sua estratégia de costas na parede. Sem trava de scanner nesta, e os braços de Sai, cansados de cortar portas, agradeceram às estrelas. O homem das demolições lançou um último olhar para trás, mas a perseguição ainda não havia atravessado sua parede de escombros, então Sai ousou se virar e encarar a porta. Escapar do corredor parecia uma boa jogada, mas quando Sai alcançou o botão que faria a porta deslizar para o lado, ele ouviu vozes.

Não as vozes constantemente ecoando em sua cabeça, dizendo-lhe que tolo ele havia sido por deixar sua família por essa carreira, mas vozes reais. E uma em particular se destacava. Muito abafada para ouvir as palavras, mas Eponi falava com a urgência dura de alguém dizendo qualquer coisa para se manter viva.

Sai apertou o botão, debateu se deveria sacar um rifle ou

entrar com a espada em ambas as mãos, e optou pelo modo de assassino louco enquanto a porta se abria. A maioria das pessoas na galáxia não tinha ideia do que fazer se alguém viesse em sua direção com uma espada, e Sai precisaria apenas de alguns passos para colocar sua longa lâmina ao alcance se o tamanho da sala permanecesse dentro do razoável.

Assim que a porta lhe deu espaço, Sai entrou correndo, a lâmina erguida o suficiente para arrastar pelo teto, espalhando faíscas ao seu redor.

Beliches preenchiam o espaço, apertados com compartimentos de armazenamento embaixo dos colchões cobertos por lençóis marrons. Sai entrou direto no centro da sala e, ao se virar em direção às vozes, absorveu a imagem de uma sociedade rígida que, no entanto, economizava nos pormenores da disciplina: as camas não estavam arrumadas, embora sua composição tivesse a constância uniforme de uma sociedade de estilo militar, alguns dos compartimentos estavam apenas meio fechados, e bugigangas, roupas e outras coisas espalhadas pelo chão. Sai estimaria que cerca de vinte pessoas dormiam no quarto, embora no momento ele se concentrasse em duas, porque elas tinham suas pistolas laser apontadas para ele.

Atrás deles, agachada contra a parede, estava Eponi, e quando os dois guardas – vestindo uniformes pretos, então ou tiveram tempo de se vestir ou estavam constantemente vigilantes – se viraram ao espetacular som de Sai entrando em meio a faíscas, Eponi aproveitou a oportunidade. Ela chutou com a perna direita, quebrando o joelho esquerdo de um guarda, então pulou para frente e derrubou o segundo, envolvendo-o em uma chave de braço e jogando-o ao chão. Sai alcançou o primeiro guarda e segurou sua espada contra a garganta do inimigo, uma técnica que serviu para parar brigas por milhares de anos e ainda funcionava tão bem hoje.

Na verdade, Sai carregava a lâmina para esses momentos. Uma habilidade ancestral que o fazia se sentir muito, muito legal.

Eponi terminou de sufocar seu guarda, deixando-o inconsciente no chão, e então desarmou os dois antes de olhar de Sai para seu aparente refém.

— Você vai cuidar dele ou não? — perguntou Eponi.

— Não me machuque! — choramingou o guarda.

— Você não tem permissão para falar — disse Sai. — Eponi, eles não são o alvo. Não precisamos matar todos.

— Não disse matar. — Eponi inverteu a empunhadura da pistola e acertou o refém na cabeça, enviando-o para o mesmo reino inconsciente que seu amigo. — Mas também não temos tempo para reféns. — Ela examinou o equipamento de Sai. — Onde está minha armadura?

— O novato está com ela.

— Então, onde está o novato?

DEZOITO

O QUE SE ESCONDE NO ESCURO

A infância de Gregor superou a maioria das que ele conhecera. Todos que ele havia encontrado desde que chegara à DefenseCorp expressaram uma surpresa sombria quando, inevitavelmente após detalharem sua própria infância aparentemente conturbada, Gregor explicava a dele. Com o tempo, ele havia refinado a história para ser menos chocante, menos um ataque às criaturas, se não de luxo, pelo menos de conforto que Gregor encontrava nas várias missões e patrulhas que ele havia se juntado ao longo do que estava se tornando um longo, longo tempo trabalhando para a principal empresa de segurança da galáxia.

Pais? Tecnicamente. Amigos? Claro. Abrigo? De certa forma. Isso cobria o básico, e era tudo o que se podia esperar crescendo no grande cometa conhecido como Bola de Neve. Em uma missão ousada muito antes de Gregor ter nascido, alguns colonos empreendedores pensaram que o gelo abundante e os metais raros da Bola de Neve fariam dela um local fácil para uma civilização autossustentável que, em virtude do próprio impulso do cometa, permitiria que viajassem pela galáxia vendendo os metais da Bola de Neve sem precisar pagar por todo aquele incômodo poder e combustível necessários para viagens comuns. Embora obviamente ridículo para qualquer um com bom senso, os fundadores da Bola de Neve estabeleceram uma rede tentadora que atraiu pessoas suficientes para tornar a tentativa viável, e eles conseguiram.

Se você fosse desesperado, fisicamente capaz e inteligente o suficiente para entender instruções, mas não tão hábil a ponto de questioná-las, você era o recruta perfeito para a Bola de Neve. Os pais de Gregor se encaixavam nessa lista e, assim, se viram levando uma existência surreal operando máquinas de mineração em túneis de gravidade zero, ganhando dinheiro que só podiam gastar nas lojas da empresa em um ciclo que os manteria presos até... bem, pelo que Gregor sabia, eles ainda poderiam estar lá, ainda trabalhando. Ele ficaria triste com isso, exceto pelo fato de que eles pareciam felizes com a vida monótona e de baixo estresse que haviam conquistado para si. Quanto a Gregor, sua claustrofobia provocou uma briga de bar após a outra até que a companhia de mineração do cometa lhe deu a opção de ser lançado no espaço sem traje ou encontrar outro lugar para viver.

Gregor não escolheu Dynas, mas acabou vindo parar aqui de qualquer forma, martelo na mão e decidindo tomar a porta da direita enquanto Aurora olhava para a esquerda, em direção ao surto de energia. Embora se separar não tivesse servido bem a Sever até agora, Gregor poderia ao menos dar uma olhada na sala da direita e determinar se havia algum monstrengo precisando ser esmagado antes de voltar para o lado de Aurora.

— Mantenha contato — disse Aurora enquanto atravessava o corredor, enquanto eles caminhavam pesadamente em direção às portas. — Não deixe as portas se fecharem.

— Feito. — Não que Gregor pudesse impedir a porta de se fechar, mas ele deveria ser capaz de persuadir qualquer um naquela sala a mantê-la aberta. — Boa sorte.

Aurora não respondeu. Gregor supôs que ela não era muito fã de sorte em vez de habilidade. Ele pensou, por que não ter ambos?

Entrar em uma sala escura em uma base cheia de inimigos em potencial deveria causar medo nele, mas Gregor sorriu e mudou seu visor para o modo de visão noturna, cobrindo a sala com um verde laser enquanto entrava. Um espaço amplo, com contêineres espalhados combinando com os de cima, como se tivessem sido jogados ali e algo mais os tivesse espalhado. Os contêineres também estavam abertos e o primeiro que Gregor encontrou estava vazio. Mais atrás, ao longo do lado esquerdo, ele percebeu o brilho intenso de um monitor múltiplo, iluminando os restos estilhaçados de uma bela cadeira. Algo havia lutado aqui, ou sido solto sem supervisão.

Agora quase no centro da sala, ainda sem captar nenhum som estranho ou avisos, Gregor começou a girar lentamente para cobrir todos os ângulos, certificando-se de que nada se escondia nos cantos escuros. Ele segurava o martelo com as duas mãos, mais do que pronto para desferir um ataque esmagador.

— Olá.

Uma voz real, não através dos transmissores de Gregor. Gregor recuou enquanto se virava de volta para o console, criando espaço para balançar o martelo contra o que quer que estivesse lá.

Algo *estava* lá, embora Gregor tivesse dificuldade em dar um nome ao que via. Um homem, sim, mas alto, coberto não por roupas, mas pelo que pareciam montes irregulares de pele musgosa. A princípio, Gregor teria chamado o homem de coisa apodrecida, e quando ele voltou seu visor para o espectro normal, o homem tinha a pele branca como giz, uma palidez compartilhada entre fantasmas e mortos. Enquanto olhava mais, e a criatura parecia não se importar em deixar Gregor se situar, os crescimentos musgosos, que pareciam estender as pernas e braços do homem a comprimentos anormais, também pareciam felizes.

Não atacando o hospedeiro, mas sim aprimorando simbioticamente.

Ainda assim, a criatura se parecia com um homem, o que significava que tinha um ponto fraco óbvio. Gregor mudou o martelo para o lado, pronto para dar uma grande pancada e acertar a cabeça da coisa. A criatura observou a preparação e não se moveu.

— Você vai me atacar? — perguntou a criatura.

— Me diga o que você é, e talvez eu não ataque.

— Você não sabe? — A criatura considerou. — Suponho que eu não tenha visto ninguém como você antes. Você é novo?

— Pode-se dizer que sim. — Gregor mudou seu transponder para o canal do esquadrão, para que a criatura não pudesse ouvir. — Aurora, tenho um contato, e ele está falando comigo. É estranho.

— Eu diria que você é bem-vindo aqui, mas isso seria uma mentira — a criatura se moveu, olhou para sua direita, e Gregor seguiu seus olhos, mas não havia nada naquela direção além de um par de caixas abertas. — Porque não podemos mais deixar que vocês controlem nossas vidas.

Agora isso era confuso. Controlar suas vidas? Gregor havia participado de muitas missões, tanto com Sever quanto sem ele, e nunca fora acusado de controlar a vida de alguém. Arruiná-la? Muitas vezes. Controlá-la? Não.

— Não entendo. — Gregor decidiu jogar pelo seguro.

Aurora não havia respondido, o que significava que ele poderia não ter apoio, ou que poderia precisar ir procurá-la.

— O que você quer?

— O que eu quero? — a criatura riu, um som borbulhante que um dia poderia ter sido humano, mas já não era mais. — Você sabia que nem uma única alma jamais me perguntou isso?

Gregor não sabia nada sobre a criatura, muito menos quem havia lhe feito quais perguntas. O que ele sabia, no entanto, era que não estavam chegando a lugar nenhum. Ou essa criatura podia machucá-lo e a seu esquadrão, ou não podia, e Gregor deveria ir procurar Aurora.

— Não me importo — disse Gregor. — Se você não vai me machucar, então não preciso machucar você. E aí eu vou embora.

— Oh, não vá embora — respondeu a criatura. — Veja, estamos arriscando nossas próprias vidas, mas somos superados em número aqui pelos de cima, de preto. Você está com eles?

— Já matei vários.

— Bom. Então talvez possamos trabalhar juntos.

Uma rajada de estática atravessou o capacete de Gregor e ele se encolheu. Em algum lugar naquela bagunça de sinal, a voz de Aurora havia surgido, uma palavra ou duas, cheia de estresse e pânico. Ele tinha que sair, agora.

— Talvez mais tarde. — Gregor começou a se virar, quando a porta que levava para fora da sala bateu, as luzes ficaram vermelhas, e os sons agudos de um alarme em toda a base começaram a soar.

Pior, o alarme intensificou as luzes, afastando a escuridão dos cantos e ao longo do teto. Nesses cantos, seus corpos exagerados pendurados em teias musgosas que os prendiam às paredes, havia mais criaturas, embora estas parecessem piores do que aquela com a qual Gregor estava falando. Como se sua doença tivesse progredido muito além do ponto da sanidade, para onde eram mais fungos do que seres vivos.

O que as tornava candidatas viáveis para serem esmagadas pelo martelo.

Mas Gregor começaria com o líder.

Ele fingiu ir em direção à porta fechada e aos monstros fúngicos que escorriam, então Gregor girou o martelo em um movimento com a mão direita de volta para a criatura falante. O rosto da coisa não se moveu, não se encolheu quando o martelo passou direto por ela. Nenhuma resistência, uma total falta de impacto que fez Gregor tropeçar antes de se recuperar com o pé esquerdo plantando pesadamente no azulejo.

— Você é um mentiroso — disse Gregor.

— Não, eu sou Felix — respondeu a criatura. — Algum acrônimo, acredito, embora nunca tenha descoberto exatamente qual era.

Só para ter certeza, Gregor estendeu a mão e tentou envolver seu grande punho blindado ao redor do rosto de Felix. Nada ali. Apenas ar, e o brilho enquanto a projeção holográfica tentava manter Felix estável.

— Onde você está? — disse Gregor, olhando para o computador. Entre seus muitos monitores, Gregor podia ver feeds de câmeras de toda a base. Sai e Eponi apareciam em um quadro, trocando tiros de laser com alguém. Ele não conseguia ver Rovo. Não conseguia ver Felix. — Lute, seu covarde.

— Eu sou um líder — disse Felix, sua projeção contente em seguir Gregor com o olhar. — Lutar não é meu propósito. Parece ser o seu, no entanto, e certamente poderíamos usar um lutador como você.

— Quem é "nós"?

— Acho que você já sabe.

Gregor não sabia, mas já tinha ouvido inimigos suficientes declararem coisas assim para entender que algo ruim estava prestes a acontecer. Esse algo se fez muito evidente nas criaturas fúngicas, que haviam deixado seus poleiros suspensos para rastejar em direção a Gregor com movimentos sugadores e deslizantes que deixavam para trás uma mancha verde-amarelada no chão. Seus braços meio formados, dominados por crescimentos de cogumelos e emaranhados de pequenas vinhas, se estendiam e grudavam no chão, puxando-os para frente. Lentos, mas assustadores. Bons alvos para o martelo.

O homem-músculo de Sever atravessou a imagem de Felix, fechou a distância até a criatura mais próxima e trouxe o martelo para baixo em um golpe massivo com as duas mãos. Ao contrário de Felix, esta coisa não pôde ignorar o ataque por virtude de ser uma projeção. Em vez disso, a criatura explodiu. Gregor mal sentiu resistência em suas mãos ao completar o golpe, mas viu os resultados espirrarem ao seu redor, em sua viseira e em todos os lugares.

A DefenseCorp já havia lutado contra muitas monstruosidades bio-engenheiradas antes, incluindo vírus parasitas e gel mutante que continuaria vindo até que você o queimasse com fogo, e Sever tinha o equipamento para lidar com tudo isso. Então Gregor se afastou da bagunça que havia criado, cerrou o punho esquerdo duas vezes para acionar o mini-lança-chamas que todos da Sever tinham embutido em suas armaduras, e lançou uma rajada de destruição laranja brilhante nos restos de sua primeira vítima, carbonizando-a até a obliteração.

— Eu não esperava por isso — disse Felix. — Você é mais capaz do que parece, e você parece bastante capaz.

Gregor não respondeu, mas se virou para a segunda criatura, que estava alcançando seus pés. Trouxe o martelo ao redor, quando algo pousou em seu rosto. Uma gosma cobriu sua viseira, enquanto o peso da criatura em sua cabeça inclinou Gregor para frente, inclinando-o na direção daquela no chão. Um segundo peso pousou em sua parte inferior das costas meio fôlego depois, e Gregor largou o martelo para tentar alcançar atrás, tirar as coisas de cima dele. A do chão fez seu impacto então, agarrando e puxando o pé direito de Gregor para fora e fazendo-o cair no chão.

— E ainda assim, não tão capaz — Felix continuou.

Desta vez, Gregor não pôde responder. As criaturas o haviam envolvido, e ele podia sentir sua gosma se infiltrando em sua armadura, seus braços ao redor de seu pescoço, enquanto o cheiro pútrido da podridão sufocava sua respiração.

DEZENOVE

UMA SAÍDA

Você não entra nas corridas porque quer segurança. Eponi conhecia os riscos quando começou a pilotar skiffs depois que os bares fechavam e suficientes bêbados ou viajantes espaciais drogados deixavam suas naves penduradas, esperando para serem conectadas e aceleradas. Registros criminais eram proibidos em Seleno, com qualquer pessoa condenada por praticamente qualquer coisa sendo expulsa do mundo para beijar o pó de asteroides em alguma estação de mineração abandonada, então Eponi se certificava de devolver qualquer coisa que pegasse emprestada antes que os donos ficassem sóbrios o suficiente para se importar. Durante as horas intermediárias, ela pilotava as naves através de cânions de bordas vermelhas onde, se você olhasse com atenção, poderia ver um pouco da verdadeira Seleno deixada sob as modificações que haviam feito no mundo.

Toda essa experiência não deu a Eponi um atalho. De jeito nenhum. As pessoas lhe diziam que ela teria que subir uma longa escada antes de dirigir um corredor de verdade, e isso se provou desanimadoramente verdadeiro.

Eponi teve que trabalhar como mecânica primeiro, depois como piloto de testes para os grupos menores que disputavam circuitos de baixo nível. Com os deslizadores de areia, eles corriam pelos vastos desertos em corridas contra o tempo para ver quem conseguia turbinar sua pilha de lixo maltratada para cuspir alguns íons a mais que o próximo. Dirigir em linha reta não lhe dava habilidades úteis de pilotagem, mas ensinou Eponi a ir muito, muito rápido. E para um piloto de corrida, esse é um ótimo começo.

— Então você vai abrir caminho para fora daquele prédio com essa espada? — Eponi perguntou a Sai enquanto estavam em pé sobre os soldados incapacitados.

— Fora? — Sai respondeu. — Rovo, com sua armadura, ainda está lá dentro. Aurora e Gregor também.

— Certo, mas você disse que explodiu o único caminho de volta para eles.

— Que eu vi.

Sai. Às vezes Eponi queria chutar o homem nas canelas. Chutar a maior parte de Sever nas canelas, na verdade. Eles não eram exatamente burros, mas perdiam muita coisa. Eponi tinha assumido o trabalho de piloto porque deixar qualquer outra pessoa tocar no manche de voo significaria um risco que ela não podia suportar, mas ela não podia salvar todos eles o tempo todo.

— Meu amigo — Eponi começou. — Você vê outros guardas correndo para cá, atirando em nós?

— Não? — Sai inclinou a cabeça.

— Por que você acha que é isso, se eles estavam te perseguindo nessa direção?

— Porque eu explodi todos eles?

Eponi lhe deu um olhar fixo e morto. — Todos eles? Você acha que absolutamente cem por cento dos guardas que estavam te perseguindo morreram em uma explosão que nem sequer te causou problemas?

— Talvez?

Um revirar de olhos e um passo firme em direção à porta fizeram Sai se mover para vencê-la no corredor, confirmando que ainda estava, de fato, vazio.

— Veja, Sai, se eles tivessem outro caminho para voltar aqui, já estariam de volta — Eponi concluiu. — Então, novamente, eu devo perguntar, para onde estamos indo? Se Rovo está naquela direção, então ou vamos passar pelos seus escombros ou dar a volta até a porta que já usamos.

Sai apontou para o outro lado do corredor. A direção seria paralela à sala da central elétrica e poderia levá-los à borda externa da base. — Vamos naquela direção. Se você estiver certa, e você pode estar certa sem ser uma babaca, então nos levará para fora.

— Eu poderia ser mais legal, mas isso não teria graça.

Eponi poderia, no entanto, deixar Sai liderar enquanto ela cobria a retaguarda com as pistolas que havia pegado dos dois guardas. Sua antiga pistola, a que ela carregava através da janela, tinha sido esmagada pelos soldados quando a pegaram. Uma tática de intimidação, mas as pequenas armas tinham se espalhado pela galáxia mais rápido que uma doença desde que foram desenvolvidas, então Eponi não se importava muito que a dela tivesse sido reduzida a pedaços de metal.

Depois de escapar da sala de controle da entrada principal, Eponi havia percorrido um único corredor longo com desvios para banheiros e pouco mais antes de chegar ao alojamento, onde encontrou o par esperando por ela com armas prontas.

Eponi teria lutado, exceto que, vamos lá, ela não tinha armadura, eles a tinham coberta, e aqueles beliches empilhados significavam que provavelmente havia mais guardas por perto. Então ela jogou sua pistola no chão, levantou as mãos e atrasou até que Sai a encontrasse. Para dizer a verdade, ela teria feito seu próprio movimento em breve de qualquer maneira, pois ficou claro que não havia mais ninguém por perto para reforçar os dois otários, cujas pobres habilidades de interrogatório eram evidência ampla do motivo pelo qual haviam sido destacados para tão longe na fronteira da sanidade.

Sai parou na parede externa no final do corredor, que convenientemente acabou sendo uma porta grossa marcada com sinais de emergência. Uma saída rápida em caso de falha catastrófica.

— Eu diria que nos qualificamos para uma saída de emergência — disse Eponi enquanto Sai alcançava a barra física para empurrar a porta e abri-la.

— Não discordo — disse Sai enquanto começava a empurrar. — Quando sairmos, teremos que dar a volta. Talvez pegar o resto dos guardas de surpresa?

— Não venceremos com essas probabilidades.

— Não temos escolha.

Eponi não estava tão certa disso, mas Sai empurrou a porta e revelou o pântano verde que Eponi nunca mais queria ver. Alguém havia desativado as torres de tiro, ou elas tinham desistido quando Sever havia desaparecido de vista, então os cubos roxos ainda salpicando as vinhas e os galhos das árvores não dispararam imediatamente. Sai liderou o caminho para fora, pisando com cuidado, e Eponi, seguindo, pegou uma pedra do chão lamacento e a enfiou entre a parede da base e a porta que se fechava. Se não desse mais nada, eles poderiam voltar para dentro, buscar alguma cobertura.

— Olhe aquilo — disse Sai, apontando para sua

esquerda. Pelo que Eponi se lembrava da base, ir para a direita e contornar a parede os levaria de volta à entrada principal. — É um elevador.

Um elevador ao ar livre também, subindo pela lateral da base em direção ao topo, vários andares acima deles e coberto por uma névoa amarela. Elevadores externos como esse tendiam a ser reservados para postos avançados improvisados que não incluíam entradas principais, usinas nucleares e contingentes de guardas, já que expor alguém aos elementos enquanto subiam e desciam tendia a ser, bem, péssimo. O que tornava este, dimensionado para talvez três pessoas em sua base metálica cinza e plana com bordas corroídas pela ferrugem, uma raridade.

— Este lugar fica cada vez mais estranho — disse Eponi. — Podemos ir para casa agora?

— Quem me dera. — Sai se aproximou do elevador. — Parece que está funcionando. Quer tentar? Prefiro arriscar subir do que enfrentar todas aquelas armas de novo. Talvez possamos encontrar outra entrada lá em cima.

— Covarde — respondeu Eponi. — Mas vamos lá.

Uma das características definidoras de Sever era sua capacidade de improvisar, mesmo que isso frequentemente levasse a mudanças drásticas no escopo da missão, danos colaterais e a captura ocasional de animais exóticos que pareciam legais na hora, mas se provavam perigosos nos pequenos espaços de uma nave de evacuação.

Não obstante, Aurora havia defendido essa qualidade em particular após analisar os relatórios pós-ação e decidir que o esquadrão se saía melhor - com menos membros transformados em escória - em trabalhos com parâmetros mais amplos, deixados para os membros do esquadrão interpretarem por si mesmos.

— Vale tudo, certo? — disse Sai, embainhando sua

espada e trocando-a por um rifle. — Você cobre embaixo, eu mantenho os olhos para cima.

— Entendido, garoto bomba.

— Você sabe que sou mais velho que você, né?

— Adivinha quem não se importa?

Apesar da provocação, Sai esperou até que Eponi tivesse embarcado no elevador antes de apertar a seta verde luminosa para cima em um painel protegido que se erguia do único corrimão na altura da cintura do elevador. Uma pequena seção se abriu para deixá-los entrar e se fechou novamente quando o elevador subiu. Eponi quase esperava que alguma nave aparecesse voando e disparasse lasers quentes enquanto eles estavam parados, presos, no elevador de subida lenta, mas nada apareceu além da névoa mais espessa do pântano e uma sensação de estar perdida no tempo, enquanto a neblina escondia o acima e o abaixo.

O elevador chegou ao telhado, uma coisa eriçada coberta de respiradouros e tubos pretos arqueados, sem dúvida enviando todo tipo de produtos químicos para dentro e para fora da base, e Eponi não pôde deixar de olhar fixamente para o pouso bruto que acontecia ao mesmo tempo. Dominando o centro visível do telhado, quatro longos ganchos de metal com placas magnéticas quadradas enxertadas no topo se erguiam vários metros no céu onde, naquele momento, estavam capturando mais uma nave.

Havia soldados nesta também, embora diferentemente das primeiras ondas que Sever havia enfrentado abaixo, estes usavam armaduras mais grossas que as roupas de pele e carregavam o que pareciam ser armas de assalto - coisas grandes e assustadoras com fendas verde-brilhantes em seus canos mostrando níveis de energia prontos para causar estragos.

— Parece que estamos realmente com azar hoje — disse

Sai enquanto os dois saíam correndo do elevador e se escondiam atrás de um respiradouro em forma de caixa que soltava fumaça branca com um cheiro vago de carnes sendo cozidas.

Claro, as chances eram de que esses guardas tropeçassem nos dois e transformassem Eponi e Sai em bacon de Sever, mas Eponi preferiu, já que seu copo precisava de um reabastecimento de emergência, transformar o infortúnio em algo positivo.

— Podemos pegar a nave deles — disse Eponi. — Olha.

Quase todos os guardas haviam desembarcado da nave, descendo alternadamente por escadas de corda rudimentares penduradas nas laterais. Embora Eponi não chegasse a ponto de chamar os guardas de graciosos em suas armaduras, eles desciam sem muita dificuldade. Vários foram para o elevador, enquanto outros abriram uma escotilha no telhado com uma rápida verificação de crachá e desapareceram lá dentro. Mais coisas para Aurora, Gregor e - ugh - o novato lidarem. Eponi e Sai conseguiram se abaixar e contornar o lado do respiradouro, de modo que os guardas que se aproximavam os perderam completamente.

— Com pressa — observou Sai.

— Eu também. — Eponi esperou até que o elevador desaparecesse do telhado. — Vamos pegá-la.

Dois guardas permaneceram, e ambos estavam em pé no topo da nave. No entanto, nenhum deles prestava atenção particularmente próxima ao telhado - afinal, sua horda aliada havia acabado de usar as duas únicas maneiras de chegar lá - e, em vez disso, pareciam estar observando telas portáteis, o brilho azul os denunciando enquanto Sai e Eponi se aproximavam sorrateiramente.

— Me impulsiona — disse Eponi. Ela nunca admitiria

ser a mais corajosa de Sever, mas, sem armadura, definitivamente ganhava o concurso de peso. — Você me segue.

— Tem certeza?

— Estou te dizendo, não estou?

Sai não insistiu depois disso, mas se ajoelhou e estendeu as mãos. Eponi segurava suas pistolas, pronta para agir, quando Sai a impulsionou com um salto do telhado. O salto em si quase os levou ao nível da nave, então quando Eponi saltou da mão oferecida, ela voou sobre o corrimão e aterrissou com os dois pés, disparando. O primeiro guarda levou um par de tiros na nuca e desabou, enquanto o segundo absorveu um tiro no peito antes de avançar contra Eponi com a raiva assassina de alguém que havia esquecido o grande rifle em suas costas.

Eponi se abaixou e avançou, agarrando o guarda que carregava e usando seu próprio impulso para jogá-lo por cima de suas costas, mesmo que o peso do guarda a empurrasse para o convés. Em vez de voar para fora da nave, como Eponi pretendia, o guarda apenas se chocou contra o corrimão, ricocheteando enquanto Eponi se virava sobre o joelho, tentando mirar suas pistolas. O guarda finalmente se lembrou que ele também tinha uma arma e a virou sobre o ombro enquanto Eponi disparava mais um tiro. O projétil chiou no peito do guarda, deixando uma queimadura preta, mas não detendo o movimento do inimigo.

Aquela arma grande dele mirava diretamente para ela. O guarda apertou o gatilho, e a nave se inclinou bruscamente, inclinando-se para frente e para a direita. O tiro do guarda foi para o céu enquanto ele caía para trás sobre a borda.

Eponi agarrou o corrimão da nave e tentou entender o que havia acontecido. Ela se inclinou enquanto a nave começava a deslizar para frente, iniciando sua queda de nariz para o telhado.

A perna de metal frontal esquerda havia sido cortada, e o cortador estava em pé sobre o guarda, terminando seu trabalho desordenado com sua lâmina. Eponi sempre achou que a espada de Sai era mais um ornamento, uma concessão a algum tipo de tradição que tinha pouco lugar em uma galáxia de naves estelares e lasers, mas ela não podia discutir com os resultados de Sai.

Exceto que sua manobra poderia destruir a nave - a coisa não voaria se colidisse de frente com o edifício.

Eponi se empurrou de volta para a parte traseira da nave e a pequena cabine de pilotagem que continha os controles da embarcação. Com cerca de oito metros de comprimento, as naves não eram exatamente enormes, mas Eponi tinha que cobrir essa distância subindo, puxando-se enquanto a nave continuava seu deslize lento. A cabine se erguia um metro acima do convés da nave, uma pequena escada descendo para a cabine protegida, o único lugar na nave que oferecia algo parecido com uma armadura para seus passageiros. Eponi atingiu a escada com um mergulho, deixando cair uma pistola e revertendo seu aperto na outra, usando sua empunhadura para se agarrar à borda da porta. Ela puxou, ganhando impulso suficiente antes que a empunhadura escorregasse para alcançar sua mão esquerda, envolver os dedos ao redor da porta de metal e completar a elevação.

Ela não reclamaria mais de Aurora por impor o rigoroso regime de exercícios do esquadrão.

Lá dentro, Eponi apertou o único botão que importava, e os jatos de sustentação do esquife rugiram enquanto seu bico começava a roçar a superfície do telhado. A propulsão repentina fez o esquife arrastar-se pelo metal, esmagando canos e outra caixa de ventilação, fazendo tanto barulho que, se Eponi e Sai tinham se mantido escondidos antes, agora definitivamente não estavam mais. Mas, com o bico ostentando novas cicatrizes, o esquife se estabilizou em sua pausa a um metro de altura, queimando energia para se manter no ar e ativo.

Ele voaria.

Eles poderiam voar.

— Sai? — disse Eponi, dirigindo-se à borda do esquife. — Está vindo?

O demolidor estava, de fato, vindo, mas se movia mais lentamente com toda aquela armadura. Sai se aproximou, embainhou a espada e deu outro salto impulsionado, pousando no convés do esquife com o tipo de estilo que a própria entrada de Eponi carecia terrivelmente.

Às vezes, era preciso sacrificar o estilo para alcançar o objetivo.

— Bom trabalho — disse Sai, vendo Eponi puxar uma das escadas de corda e indo recolher a outra. — Você sabe pilotar uma dessas?

— Claro — respondeu Eponi.

No entanto, nada dessa experiência explicava por que o esquife, enquanto Sai puxava a escada, de repente decolou do telhado, seus jatos se ativando e virando-os em uma direção diferente, para longe de onde Sever havia pousado.

— Você está fazendo isso? — perguntou Sai.

— Eu definitivamente não estou — disse Eponi, já se movendo de volta para a cabine do piloto.

Lá, brilhando nos monitores, estava a razão para a aparente autonomia do esquife: uma mensagem estridente pedindo um código de acesso do piloto. Na falta de um, a mensagem declarava, em letras douradas em negrito sobre um fundo vermelho intenso, que o esquife estaria retornando para casa. Quaisquer passageiros, dizia uma segunda declaração menor, deveriam esperar por interrogatório e coisa pior.

Eponi suspirou. Eles simplesmente não podiam vencer.

DIVERSÃO E JOGOS

Quem é você?

Rovo encarou o comando com um olhar duro. Preso no escritório, com aquelas luzes vermelhas sinalizando patrulhas que ele preferia evitar, Rovo decidiu que poderia se esconder melhor se quebrasse a criptografia que os guardas colocaram em suas transmissões. O comunicador de seu capacete poderia desmontar os dados, mas Rovo precisaria fornecer a senha correta primeiro, uma rede digital que capturaria o ruído e deixaria passar as palavras valiosas. Pistas para tais coisas provavelmente estariam, se Rovo fosse um apostador, nos computadores.

Rovo definitivamente era, para o detrimento de um possível futuro não-Sever, um apostador. E este escritório tinha muitos computadores.

Estou com você.

A resposta era um pouco arriscada. Quem sabia como os guardas falavam, se a facção que comandava o pântano de Dynas usava um vernáculo cheio de acrônimos como as comunicações internas da DefenseCorp ou se empregava uma gíria labiríntica que Rovo não poderia esperar imitar.

Diferentemente de seu trabalho anterior decifrando transmissões codificadas e tornando-as adequadas para consumo público, Rovo não teve chance de ler documentos de Dynas e entender seus padrões de fala.

Você é um mentiroso.

Rovo torceu a boca com isso. Não só ele não tinha ideia de como falavam aqui, Rovo também não sabia com quem estava falando - digitando? Havia inúmeras possibilidades; a janela de bate-papo dominou o console assim que as meia dúzia de tentativas fracas de Rovo com senhas improvisadas falharam em conceder-lhe acesso aos segredos mais profundos da base, ou ao seu cardápio do almoço.

Rovo estava esperando por algo assim - a maioria dos lugares havia substituído um bloqueio genérico por um agente alertado para múltiplos logins incorretos, já que tais eventos indicavam uma profunda necessidade de ajuda nesta era em que as senhas vinham codificadas no corpo das pessoas, ou uma situação de emergência, como a de Rovo. Infelizmente, essa pessoa tratou o pedido de Rovo por tal acesso de emergência com suspeita em vez de obediência cega.

Um nível de qualidade nem sempre refletido no escritório anterior de Rovo, seja no trabalho ou no café.

Eu não estou normalmente neste console, mas estamos sob ataque.

Nós sabemos. Isso não te dá acesso. Qual é o seu ID?

Outra pergunta difícil, com uma única resposta.

Perdi. Estamos em pânico aqui!

Ele considerou, mas não adicionou, um segundo ponto de exclamação. Rovo precisava soar urgente o suficiente para fazer a pessoa do outro lado ignorar a verificação usual, mas não tão louco a ponto de parecer que deveria estar fugindo em vez de acessando um computador. Uma linha cuidadosa para seguir.

O texto ficou na tela - um gradiente azul-acinzentado bastante agradável, como os suaves céus prateados de inverno em Tau da infância muito breve de Rovo - piscando para ele até que, com um baque, a porta do escritório trancou. Escudos de proteção, grandes retângulos pretos, caíram sobre as duas pequenas janelas, selando Rovo em um caixão corporativo.

Você sabe como é chato fazer segurança neste mundo?

Por que você me trancou aqui dentro?

Todo dia, eu recebo a mesma série de pedidos de pessoas muito menos interessantes que você. Configure isso, reinicie aquilo. Adivinha o que isso te traz, depois de tempo suficiente?

Rovo cruzou os braços, uma proposição um tanto volumosa na armadura, e encarou a tela. A conversa tinha tomado um rumo, mas os guardas ainda não tinham invadido a porta, nem algum laser oculto o havia incinerado até as cinzas, então continuar o jogo seria uma jogada melhor do que explodir seu caminho para fora da sala.

Não faço ideia?

Na verdade, muitas ideias. Você quer provar que é um de nós?

Quero.

Então que tal um jogo?

Já mencionei que estamos sob ataque?

Já mencionei que não me importo?

Você não tinha mencionado.

Eu não me importo.

Se Rovo não estivesse preso em uma base cheia de inimigos com a armadura de seu companheiro de esquadrão e estivesse, em vez disso, em algum bar gorduroso com uma cerveja tendo essa mesma conversa, ele poderia estar se divertindo. A pessoa do outro lado desta conexão parecia ter um bom senso de humor, poderia ser divertida. Infelizmente, essa não era a realidade, e Rovo precisava se mover ou seria deixado para trás ou encontrado e assassinado.

Vamos começar então.

A tela reagiu instantaneamente à escolha de Rovo, como se seu oponente estivesse sentado lá, esperando a resposta com um dedo pairando sobre o botão certo. Em vez de mostrar texto, o fundo azul-acinzentado desapareceu para um branco plano, sobre o qual apareceu uma grade de quatro quadrados. Cada quadrante ganhou um ponto com sua própria cor, um pouco lento, como alguém derramando tinta na tela, até que o terço central de cada caixa se preencheu. Vermelho, amarelo, verde e azul. Ao longo das bordas da grade, formando uma camada semelhante a tijolos ao redor da borda da tela, havia peças brancas cortadas com linhas pretas em retângulos.

Alimente as cores, mantenha-as equilibradas o melhor que puder.

O texto apareceu em uma caixa cinza plana sobreposta à grade, que se dissolveu em poucos segundos. Toda a configuração parecia um jogo simples feito por alguém aprendendo as operações mais básicas de programação de computadores, mas Rovo não parecia ter escolha a não ser jogar. Bem, ele tinha, mas atirar para sair ainda parecia uma má ideia - de vez em quando, sobre o constante assédio do alarme, Rovo podia ouvir a corrida de um guarda.

Não parecia haver um lugar para Rovo digitar algo, então sem instruções, ele deslizou os dedos pela tela. Tocar nas cores as fazia tremer, mas elas reformavam seus pequenos círculos, contentes em ficar no lugar. Tocar no branco dentro das grades não parecia fazer nada, mas quando Rovo tocou em um dos tijolos, a coisa grudou em seu dedo, saindo do lugar e fazendo todo o exterior se agitar até que os espaços pretos entre os tijolos se uniformizassem novamente. Rovo deslizou seu novo brinquedo em direção à cor mais próxima - vermelho - e como um pequeno buraco negro, assim que Rovo moveu o retângulo para perto, o vermelho o engoliu. Simplesmente sugou o tijolo branco e o consumiu, e ao fazê-lo, o vermelho cresceu.

Alimentar as cores. Mantê-las equilibradas. Rovo podia fazer isso.

Então ele manteve perto, arrastou tijolos para cada cor por sua vez até que quase todas preenchessem suas grades. As cores tremiam agora, como coisas vivas, e seus tentáculos de tinta se estendiam em direção aos tijolos assim que Rovo os tocava, às vezes cruzando as bordas da grade para o território uns dos outros. Mais difícil agora, talvez, mas Rovo continuou. Apenas alguns tijolos restantes. Ele arrastou mais um para o vermelho, evadindo um ataque repentino do amarelo enquanto movia o tijolo pela parte superior da tela. O vermelho o agarrou e cresceu.

E continuou crescendo. O vermelho pressionou contra as bordas de sua grade enquanto Rovo ia em busca de outro tijolo, planejando arrastá-lo até o amarelo. Antes que Rovo pudesse chegar lá, no entanto, o vermelho deslocou sua massa aquosa e a pressionou contra a borda direita com o amarelo, transbordando sobre a linha e derramando-se no outro líquido. O amarelo encolheu, recuando da incursão mesmo quando Rovo tentava arrastar outro tijolo. Tarde demais. O vermelho absorveu o amarelo como uma toalha absorveria um derramamento, sugando a cor e apagando-a enquanto, ao mesmo tempo, crescia mais e mais até preencher os dois quadrantes superiores da tela. Rovo alimentou tijolos para o azul e o verde, mas o esforço não significou nada enquanto o vermelho continuava sua conquista, absorvendo e comendo todos eles até preencher a tela.

Fim de jogo.

O fundo azul-acinzentado retornou em um piscar de olhos. Texto pousado sobre ele. Zombando dele.

O que foi isso?

Isso foi Dynas. O que está acontecendo aqui. Você gostou?

Não entendo. O que são as cores? A comida?

Você conhecerá as cores em breve, eu acho.

E a comida?

A porta do escritório destrancou com um estalo. As persianas da janela se retraíram.

A comida é você.

VINTE E UM

NA ESCURIDÃO

Sozinha em um quarto escuro com uma porta fechada atrás dela. Nenhuma transmissão de Gregor, de ninguém em Sever. Aurora poderia estar morta e a única razão pela qual ela sabia que não estava era a linha verde brilhante em seu visor que, com seus leves espasmos e ritmo constante, confirmava sua presença contínua entre os vivos.

Se ela continuaria assim por muito mais tempo...

Aurora bateu em seu capacete, ativando a lanterna e espalhando a luz amarelo-branca ao redor do quarto. Algumas pessoas preferiam usar sua visão noturna, manter as coisas escuras, mas Aurora era a intrusa aqui e qualquer coisa esperando por ela tinha escolhido a noite. Melhor fazer o território seu.

Espalhadas pelo chão em círculos manchados de roxo-vermelho, havia manchas cujas origens Aurora só podia adivinhar. A resposta óbvia seria sangue, mas os círculos limpos aqui falavam de um derramamento controlado, gotas manufaturadas que Aurora tinha visto em várias instalações realizando trabalhos experimentais. Essas empresas, as que empurravam os limites da biologia, tendiam a estar localizadas em grandes centros urbanos onde sua necessidade contínua de talento e cobaias pudesse ser atendida. Dynas não teria nenhum dos dois, ainda assim Aurora apostaria todo o seu salário da Sever que esta câmara havia sido lar de mais de uma hipótese testada.

Além das manchas, a única característica interessante da sala vinha com o grande console de computador no canto direito ao fundo. Múltiplos monitores empilhados uns sobre os outros falavam da necessidade de informações imediatas, como o tipo necessário para manter o controle sobre testes frágeis. Lacunas no mistério de Dynas estavam sendo preenchidas aqui, embora Aurora continuasse encontrando mais perguntas esperando no final de cada resposta. Por que ter um laboratório como este em um canto isolado de um planeta pantanoso e remoto? Quem eram esses guardas e de onde eles vieram? O que causou a gosma em que seu pé esquerdo pisou enquanto ela caminhava em direção ao computador?

— Eu não tocaria nisso — disse uma voz atrás dela, calma e educada.

Aurora deu um passo lateral enquanto se virava, tirando-se de qualquer fogo imediato. Ela levantou seu rifle, pronta para disparar contra a estranha criatura parada no centro da sala olhando para ela com a cabeça inclinada, se é que se podia chamar aquilo de cabeça. A quantidade de crescimentos ondulantes e contorcidos no corpo da coisa a fazia parecer menos humana e mais um tumor canceroso ganhando vida. Os membros pareciam estar presentes, mas se misturavam com o crescimento para apresentar uma impressão geral de algo que Aurora queria muito tirar de sua óbvia miséria.

Antes de fazer isso, porém, Aurora descobriria o que era

e de onde veio. Um pedido de socorro os trouxe aqui, e essa coisa poderia ser o motivo.

— Por que não? — Aurora perguntou, seu rifle firme. — Medo que eu descubra algo?

— Olhando para mim, eu diria que você já descobriu — a coisa respondeu. — Meu nome é Felix. E o seu?

Felix, quanto mais Aurora olhava para ele, parecia oscilar, e seu corpo estava brilhante na sala escura, lançando luz no chão ao seu redor em vez de sombra. Aurora rastreou o tremular de Felix de volta aos cantos da sala, onde pequenos pontos brilhantes completavam o resto do quebra-cabeça. Uma projeção. Era assim que Felix havia aparecido tão repentinamente, por que sua armadura não a havia avisado sobre uma nova presença se esgueirando por trás.

— Aurora. E eu ainda sou humana. O que você é?

Felix olhou ao redor da sala e para o chão, embora seu olhar não pousasse exatamente em nenhuma das manchas. Não era um reflexo perfeito então, Felix tinha que adivinhar partes da sala ao seu redor. Pode não significar muito agora, mas saber que essa coisa não podia ver tudo com clareza perfeita poderia ser útil. O pensamento levou Aurora a escutar suas comunicações, mas nada vazou exceto estática silenciosa. Nada de Gregor ainda.

— Exatamente o que você deve pensar que eu sou — Felix disse, e se dissolveu em um pesado suspiro borbulhante. — Sei que não sou muito agradável de se olhar.

— Na verdade, você é muito para se olhar. — Aurora gesticulou para Felix com a arma. — O que aconteceu?

— Presumo que você tenha visto o exterior desta base?

— Você presume certo.

— Então você sabe que Dynas não é um mundo hospitaleiro. Como tantos em toda a galáxia, os humanos não se encaixam bem. — O corpo de Felix se movia por conta própria, suas partes se contorcendo, enquanto ele falava. Nojento e fascinante em igual medida. — O que eu sou é uma tentativa fracassada de consertar nossa natureza física.

— Juntar-se ao pântano para colonizar o pântano? — Aurora disse. — Não podemos deixar esses mundos para as espécies que os querem?

— Para a resposta disso, você precisará perguntar aos que me criaram.

Aurora, e Sever em geral, definitivamente não eram polícia. Sua descrição de trabalho não incluía pegar infratores da lei, a menos que fossem contratados especificamente para isso. Embora quem quer que tenha se envolvido na extrema manipulação genética necessária para criar algo como Felix tenha quebrado todo tipo de leis e normas galácticas, francamente, não era problema de Aurora.

— Eu me contento com uma saída e a segurança do meu esquadrão — Aurora disse. — A menos que eu esteja interpretando mal, você tem algum controle sobre esta base?

Felix falava como um líder. Uma pessoa que caiu no poder sem necessariamente procurá-lo, e embora não estivesse confortável vestindo esse manto em particular, o suportaria mesmo assim.

— Tenho e não tenho — Felix disse. — Sou um renegado que foi ignorado por tempo suficiente para encontrar novos problemas para resolver, problemas que você poderia me ajudar a resolver.

— Já estamos em um trabalho, desculpe.

— Talvez eu possa fazê-la mudar de ideia? Você ainda não ouviu minha oferta.

— Me surpreenda, então.

Independente de sua aparência, e Felix parecia não ter quase nada a oferecer, a galáxia havia mostrado a Aurora repetidas vezes que rejeitar potenciais de imediato levava a oportunidades perdidas. Se Felix tivesse algo que pudesse valer mais para Sever do que prosseguir com o trabalho, Aurora tinha a liberdade para aceitá-lo.

Os projetores nos cantos da sala piscaram e a imagem de Felix desapareceu, transformando-se em quatro criaturas idênticas, altas e extremamente magras nos cantos da sala. Cada uma parecia uma versão mais esquelética e fraca de Felix, embora seus rostos mostrassem uma impressionante diversidade de tons de pele, idade e sexo. Quem quer que tenha feito essas coisas não se importou em discriminar. Além disso, eram ainda mais feias que Felix, com seus tumores enegrecidos e gotejando uma gosma que desaparecia conforme as criaturas davam passos trêmulos em direção a Aurora.

Por mais nojento que fosse seu aspecto, enquanto seu andar disforme revelava seus músculos em evidente decomposição, o silêncio de sua aproximação, a total ausência de som ou bipe de alerta em seu visor perturbava Aurora ainda mais. Ela não tinha nada a temer das coisas que se aproximavam, eram apenas projeções, mas pareciam tão, tão reais.

Aurora disparou o rifle antes mesmo de perceber o que estava fazendo. O laser brilhante atravessou a projeção mais próxima, partindo-a ao meio e enviando seus pedaços carbonizados ao chão, onde chiaram na luz da projeção. Espera. Isso não deveria ter acontecido, a menos que esses projetores pudessem lidar com...

A gosma agarrou o ombro direito de Aurora por trás, seu peso bem real. Aurora não se virou, mas deu uma cotovelada para trás, afastando a criatura menor. Então Aurora disparou para frente, correndo em direção à criatura restante à sua frente, disparando dois raios escaldantes que derrubaram o monstro. Ela poderia se preocupar depois com como Felix conseguiu transformar suas projeções em coisas vivas e reais. Um giro rápido colocou Aurora cara a cara com as duas últimas criaturas, ambas caminhando em sua direção com braços de videira esticados, como os zumbis de tantos filmes.

E como aqueles zumbis, elas também caíram sob fogo rápido.

Enquanto os últimos pedaços de seus corpos gosmento se acomodavam no chão, Felix reapareceu no centro da sala, com uma expressão triste no rosto. — Esses estavam longe de ser os melhores de nós. As primeiras versões não saíram tão bem, mas acredito que eles ainda compreendiam.

Aurora atirou em Felix. O raio, no entanto, atravessou o corpo da criatura musgosa sem afetá-la e explodiu no conjunto de computadores no canto distante, lançando faíscas em cascata, iniciando um pequeno incêndio e fazendo as luzes da sala se acenderem. A iluminação transformou Felix em uma versão pálida e etérea de si mesmo, que olhou diretamente para Aurora enquanto ela confirmava, com uma rápida varredura de olhos, que não havia outras surpresas desagradáveis esperando por ela.

— Você se saiu melhor que seu amigo — disse Felix. — Como eu disse, tenho uma oferta para você.

— E eu já tenho um trabalho.

Aurora disparou quatro tiros rápidos, cada raio atingindo um dos projetores e fazendo a imagem de Felix desaparecer. Talvez não fosse o melhor uso da carga de seu rifle, mas ela tinha mais pacotes de energia consigo.

Felix poderia ter um dos membros de Sever, ou não, mas Aurora sabia de uma coisa com certeza, enquanto contemplava a porta que a prendia na sala: Felix não os manteria. Não depois de tentar matá-la.

Ela já tinha um trabalho: encontrar Felix e reduzi-lo a cinzas.

VINTE E DOIS

A CIDADE NEGRA

Os esquifes continuavam sendo o meio de transporte mais barato em mundos civilizados. Ofereciam poucos confortos, nenhuma proteção contra os elementos ou coisas mais perigosas, e tendiam a quebrar nos momentos mais inoportunos, despencando nas ruas das cidades e forçando seus passageiros a mergulhar pelas janelas próximas para evitar se transformarem em uma mancha de carne.

Sai já tivera sua cota de esquifes - aquela queda em Sirus Nove fora a última vez que ele pisara em um desses destroços - mas lá estava ele, deslizando por um miasma amarelo em direção a um destino desconhecido em outro deles.

Sirus Nove tinha sido uma missão difícil, um planeta semi-urbano devastado por revoltas contra líderes corruptos que sabiam o suficiente para conseguir uma extração da DefenseCorp quando as coisas tomaram um rumo acentuado para o insustentável.

Sai e Sever estavam nos esquifes em direção ao ponto de extração quando a pane ocorreu. Durante todo o caminho, Sai conversava com Gregor sobre quem tinha razão: aqueles líderes corruptos que vendiam o planeta repetidamente, ou a população que colocara todas aquelas pessoas no poder em primeiro lugar. Gregor ficou do lado do povo, e Sai não conseguiu manter uma defesa por muito tempo: como pai, era terrivelmente difícil argumentar a favor de víboras sugando os recursos do planeta para suas próprias maquinações interestelares, mesmo que Sai tivesse visto a devastação que revoltas como a de Sirus Nove podiam causar.

Por outro lado, a fuga funcionou. A DefenseCorp extraiu todos eles e enviou os líderes para suas novas naves reluzentes, prontas para cruzar as nebulosas por alguns séculos antes de encontrar algum novo lugar para envenenar.

Não seria engraçado se esses mesmos líderes acabassem aqui, implorando por extração mais uma vez?

— Ei, você está ouvindo? — O chamado de Eponi atravessou o devaneio de Sai. — Estou tentando te dizer que estamos nos aproximando de algo grande.

— Pensei que o esquife tivesse te bloqueado?

Sai se virou para a cabine do piloto do esquife. Ele não conseguia ver Eponi lá dentro, curvada sobre os monitores. Também não conseguia ver muito aqui fora. Apenas névoa. Por toda parte.

— Está voando uma rota falsa, não tentando nos matar. — Eponi fez um som animado que indicava que tinha encontrado algo. — É ainda maior. Enorme. Tipo, uma cidade.

— Uma cidade nisso?

Sai já tinha visto lugares piores - Artek, que tinha mais lava do que Sai jamais precisava ver, exigia que seu povo usasse trajes térmicos o tempo todo para evitar derreter - mas a ideia de se estabelecer em Dynas e passar todos os dias olhando para cima e vendo essa coisa seria próximo do pior. Ele precisaria de muito dinheiro para que valesse a pena. *Muito* dinheiro. Tipo-

O esquife continuou se movendo, mas a névoa parou. A massa verde-amarelada se achatou e se espalhou para longe de Sai enquanto o esquife fluía através de uma barreira que fez a pele de Sai formigar. Sua armadura exibiu uma notificação de que Sai havia cruzado um limiar eletrificado. Uma luz branca intensa brilhou de um céu repentinamente limpo, atingindo Sai e forçando-o a mudar para um visor escurecido para evitar ficar cego.

A verdadeira maravilha estava abaixo, se espalhando atrás do que parecia ser um grande muro marítimo. O topo do muro brilhava em um amarelo neon, revelando a verdadeira natureza da barreira.

Sai não se considerava um especialista em nanorrobôs, mas as micro-máquinas tinham se espalhado tanto pela galáxia a essa altura que simplesmente prestar atenção já te dizia as possibilidades. Os pequenos diabos podiam ser fabricados aos trilhões por um preço baixo e programados com quase qualquer protocolo, como impedir que qualquer ar contaminado pela névoa amarela atravessasse seu escudo. Humanos como Sai e coisas como o esquife estariam fora do escopo dos nanorrobôs, e as minúsculas máquinas fluiriam para o lado e os deixariam passar. A barreira não seria perfeita, mas com uma densidade suficiente de nanorrobôs, você poderia ter um mecanismo de prevenção bastante eficaz.

E um que poderia ser alterado para mirar em praticamente qualquer ameaça, como um esquadrão inimigo.

— Você já ouviu falar deste lugar? — disse Eponi, juntando-se a ele perto da frente do esquife.

— Aparentemente eu deveria ter ouvido — respondeu Sai. — É enorme.

— Eu já disse isso.

— Achei que precisava ser repetido.

A cidade em si não tinha o esplendor compartilhado entre os planetas principais da galáxia, mesmo parecendo ter o tamanho. Poucos edifícios altos se erguiam de uma paisagem coberta de moradias baixas, quase todas com telhados cobertos de plantações. Esforços de autossustentabilidade, então, que, dada a aparente precariedade de Dynas e a falta de tráfego interestelar, seriam necessários para manter as pessoas vivas e bem.

O tráfego normal, por outro lado, parecia saudável. Outros esquifes e pequenos transportes flutuavam pelos céus, e abaixo dele, Sai podia ver carros de passageiros transportando civis. Uma cidade de verdade.

— O que você acha que é isso? — disse Eponi enquanto o esquife continuava sua jornada para o interior. — O que você faria aqui?

— Não faço ideia. — Uma resposta honesta. Sem o comércio intergaláctico, não parecia haver uma ideia óbvia. A menos que Dynas tivesse um grande contingente nativo, ou colonos que não quisessem ter nada a ver com o resto da galáxia. — Talvez algum tipo de seita anti-establishment?

— Com postos avançados cobertos de torres de vigilância e um monte de guardas?

— Você está me pedindo para adivinhar, mas sabe de uma coisa? — Sai apontou para a cidade. — Eu verifiquei as coordenadas. O sinal que estamos caçando veio de lá embaixo.

— Não vou pular, se é isso que você está pensando.

Sai olhou por cima da borda e deixou seu visor calcular a distância do esquife até a superfície. Cerca de meio quilômetro. Longe demais com armadura, e Eponi nem sequer tinha uma. Isso não se transformaria em um assalto aéreo, e dado o número de guardas naquele posto avançado, Sai não gostava da ideia de um ataque de duas pessoas à cidade.

— Acho que seria melhor se levássemos este esquife de volta e pegássemos os outros — respondeu Sai. — Agora que sabemos para onde estamos indo...

— Se você tiver alguma ideia de como fazer este esquife obedecer, fique à vontade para tentar.

Sai fez uma careta, mas Eponi tinha razão. Ele não era um hacker, mas talvez conseguisse contornar os computadores da esquife e transformá-la numa nave estúpida e voadora. Não era exatamente a manobra mais inteligente, mas se a única outra opção fosse deixar a esquife levá-los para onde quisesse... Sai tinha que tentar.

— Me avisa se eu precisar tirar a cabeça dos fios — disse Sai enquanto voltava pesadamente para a cabine do piloto.

— Ah, eu vou gritar bem alto.

Dentro da cabine, Sai olhou para os três monitores que mostravam os dados vitais da esquife e sua rota pretendida. Abaixo das telas ficava o invólucro metálico que deveria abrigar o verdadeiro tesouro. Parafusos de fácil acesso provavam que Dynas pelo menos adotava alguns padrões galácticos - tornar os sistemas críticos difíceis de acessar aumentava a probabilidade de acidentes, e configurações mais novas como esta facilitavam muito o trabalho de Sai. Alguns movimentos rápidos com a multiferramenta removeram a placa de cobertura e revelaram um ninho de cabos lá dentro. Vários fios coloridos davam a Sai um arco-íris inteiro para trabalhar.

Sai precisava cortar a alimentação do cabo do computador do piloto para o sistema central da esquife. Cortar isso e, com sorte, a esquife entraria em modo de pânico. Permitiria que Sai ou Eponi assumissem os controles manuais e usassem o manche para girar a esquife de volta para Sever e a base menor. Cortar o cabo errado poderia deixá-los sem energia ou fazer a esquife mergulhar em queda livre.

Sem pressão.

Ele trocou a multiferramenta para o microlaser, ligou a luz do capacete e olhou de perto. Não havia indicadores claros, mas Sai podia ter algumas ideias pela espessura do fio e pela quantidade de dados que estariam transmitindo. Um candidato provável se destacava no meio, uma cor roxo profundo. Ele ergueu a multiferramenta.

— Está pronta para correr para cá se isso funcionar? — perguntou Sai, tendo que gritar na esperança de que Eponi ouvisse.

— Estou bem ao seu lado. — Eponi se inclinou, colocando a mão no ombro de Sai. — Você realmente se perde nessas coisas.

— Se eu não me perder, estou morto — respondeu Sai. — Prepare-se.

Ele disparou o laser, cortou o fio, o que fez voarem faíscas, mas não fez a esquife mergulhar. Sai exalou lentamente. Esperou. Nenhum alarme, nenhum bipe.

— Você consegue assumir o controle? — perguntou Sai.

— Não está se movendo.

A esquife, no entanto, tinha outras ideias. Antes que Sai pudesse recuar dos fios e tentar descobrir o que realmente havia cortado, a esquife girou bruscamente para a direita, batendo o capacete de Sai contra o nicho de manutenção. Eponi gritou, e Sai sentiu um puxão em sua cintura quando ela agarrou sua armadura. A esquife se estabilizou, voltando ao nível, e Sai saiu para tentar ter alguma ideia do que havia feito. Os monitores, porém, estavam em branco. Totalmente pretos, e ainda assim a esquife havia mudado de direção sem alternar para o controle manual.

— O que está acontecendo? — perguntou Sai, não tanto como uma pergunta para Eponi, mas para si mesmo.

— O que você cortou?

— Os monitores — Sai apontou para as telas pretas. — Sem orientação do computador, a esquife deveria nos dar controle manual.

— A menos que esteja escravizada.

— O quê?

Eponi saiu da cabine do piloto, voltou para o convés e Sai a seguiu até lá. Eles ainda estavam sobre a cidade, mas haviam mudado de direção, indo em direção à borda externa e a uma estrutura gigante que ficava lá, torres negras em forma de lança se erguendo em direção ao céu. De longe o maior edifício que Sai havia visto aqui, e o único com um design que falava de algo além da feia eficiência, as torres gelaram seu humor. O sinal de socorro não viera dali, mas Sai não tinha dúvidas de que o que os esperava seria pior.

— Escravizada significa que quando se machuca — disse Eponi — a esquife volta para casa.

VINTE E TRÊS

UMA IDEIA BRILHANTE

Como camas, um piso de metal e uma armadura eram uma droga. Gregor já tinha dormido sobre rochas antes — trabalhar em um cometa tornava essa experiência obrigatória — e você podia travar a armadura em uma posição de pé para ter a chance de cochilar enquanto esperava uma missão começar, mas deitar de verdade? Suas costas tocavam para Gregor uma sinfonia dolorida por suas escolhas, mesmo que seu visor lhe dissesse que ele estivera apagado por apenas alguns minutos.

As criaturas de Felix se espalhavam sobre ele, sombras retorcidas negras e roxas na luz escarlate do quarto. Gregor reuniu seus sentidos um por um, sacudindo os efeitos posteriores do nocaute e se sintonizando novamente com a consciência. Com decisões que precisavam ser tomadas.

A armadura de Gregor exibia um aviso após o outro no visor, indicando que vários componentes estavam, em diferentes graus, em perigo de cair ou se desintegrar sob o assalto contínuo das criaturas gosmentas. Um assalto, Gregor percebeu, consistindo de digestão lenta e recombinação molecular. Não exatamente uma frase que vinha facilmente à mente, mas era o que o visor lhe dizia.

— Simplificar — Gregor sussurrou, um ato não natural para ele, mas necessário dadas as circunstâncias.

O visor captou o comando e mudou a exibição para mostrar a armadura de Gregor em uma sobreposição, com áreas laranja representando os pontos que o enxame de Felix tinha decidido atacar. Uma linha do tempo apareceu abaixo da armadura, e duas setas indicavam a tentativa do visor de projetar o futuro. O tempo passou e o laranja cresceu, devorando a armadura de Gregor e transformando-a em mais laranja até que nada restasse.

Claro o suficiente.

— Martelo? — Gregor tentou, e o capacete traçou a conexão entre a armadura e sua arma escolhida.

No chão, não muito longe dos próprios pés de Gregor, o martelo enviou seu próprio relatório de status: saudável. Esperando para ser pego. Para destruir.

Gregor podia facilitar isso.

Enquanto os monstros pairavam sobre ele, pingando a lama dissolvente no rosto de Gregor, no peito e em todos os outros lugares, o executor do esquadrão Sever flexionou simultaneamente os braços e as pernas, um movimento muscular combinado projetado para desencadear uma resposta particular: choques elétricos irromperam de pequenos nódulos por toda a armadura, aproveitando a energia que de outra forma seria usada para o rifle de Gregor. Energia suficiente para iniciar pequenos incêndios, para derreter a pele. Os arcos azul-brancos subiram pela gosma e envolveram as criaturas em bolsões flamejantes.

Gregor aproveitou a abertura e se sentou, a mente girando com a mudança por um segundo quente antes que a adrenalina superasse a náusea e permitisse que Gregor se levantasse. Felix, os projetores fazendo-o cintilar, o encarava. O meio-humano, meio-fungo parecia intrigado com a tentativa de Gregor de se libertar, e embora Gregor desejasse poder pegar suas manoplas e esmagar Felix entre suas palmas blindadas, a sanidade ditava que ele atravessasse a imagem e pegasse seu martelo.

— Só vai terminar do mesmo jeito que antes — disse Felix enquanto Gregor erguia a arma. — Há muitos de nós. Tantos experimentos fracassados buscando novas possibilidades.

— Cala a boca. — Gregor olhou para o teto, mudou seu visor para infravermelho enquanto as criaturas gosmentas se aproximavam dele.

Ao pegar o martelo, Gregor notou que as criaturas estavam por toda parte do quarto. Quer Felix tivesse aberto a porta e deixado mais daquelas coisas entrarem, ou se elas tinham outros meios de acessar o espaço, seu número tinha crescido tanto que o quarto parecia uma massa negra e pulsante. Nojento, e algo que Gregor teria gostado de esmagar, exceto que ele já tinha visto o que lutar contra essas coisas significaria: elas cairiam de cima, atacariam por baixo e espirrariam todas as partes dele com entranhas até que Gregor não pudesse se mover, não pudesse respirar. Dar golpes gloriosos com o martelo não valia esse risco.

Então, enquanto os monstros estendiam seus tentáculos fúngicos em direção às suas pernas, enquanto acariciavam suas costas e pingavam em sua cabeça, Gregor olhou para o teto e viu, atrás do interior roxo-laranja claro das criaturas, a espessa barra vermelho-branca mostrando a exaustão de calor da base. Provavelmente uma de várias, necessárias para manter a base em uma temperatura ideal apesar de todo o equipamento queimando lá embaixo, criando essas coisas, mantendo a energia funcionando para os guardas acima. O asteroide onde Gregor cresceu tinha muitas dessas, apenas para evitar que as coisas dentro da rocha ficassem quentes demais.

— Para o que você está olhando? — Felix perguntou.

Gregor não disse nada, apenas puxou o braço para trás e lançou o martelo diretamente para o teto. Lama negra envolveu seu pescoço, seus joelhos, seus braços enquanto completavam o balanço. Os monstros silenciosos se aproximando. Por enquanto.

O martelo atravessou a lama e se chocou contra o teto, liberando sua carga de energia comprimida em uma explosão que ondulou ao longo dos azulejos, partindo-os e fazendo chover gosma entre as criaturas. Gosma seguida por uma onda de calor, liberada e explodindo em fogo brilhante ao tocar os corpos fúngicos macios e muito inflamáveis das criaturas. O que tinha sido uma sala escura manchada de vermelho se tornou um inferno.

Gregor se ajoelhou dentro dele, deixando que sua armadura fechasse seus escudos térmicos para mantê-lo protegido, uma pedra dentro da tempestade de fogo.

A primeira designação da DefenseCorp havia colocado Gregor em uma rocha escaldante, apropriadamente apelidada de Assado, em um sistema distante onde ele tinha sido encarregado de vigiar uma cidade mineradora cuja população, sob o pesado controle de sua empresa governante e provedora, existia para explorar as profundezas do planeta e extrair joias raras criadas pela combinação de calor superficial e pressão subterrânea.

Gregor pensava que a superfície de Roast se assemelhava mais ao vidro do que à areia, e todos usavam trajes dispersores de calor para sobreviver. Parte de manter a cidade habitável, coberta por painéis solares negros para fornecer energia e, através de telas, simular a passagem de um dia mais normal, envolvia enviar todo aquele calor para fora através de enormes saídas de ar. As aberturas giravam pela cúpula, pequenas fendas aparecendo no céu perfeito e simulado.

Ventiladores enormes serviam para empurrar o ar frio para baixo e o ar quente para cima em direção àquelas saídas, e Gregor observava as lâminas do telhado girarem de seu posto no centro da cidade, seus fluxos ondulados mostrando a subida constante do calor. Eles também serviam como um farol para qualquer um que quisesse enviar uma mensagem à cidade, ou deixá-la em um desespero ardente. Pular em um desses fluxos e, com ou sem traje, você se derreteria em segundos. O contrato de Gregor dizia para proteger a cidade. Não dizia para impedir que as pessoas se machucassem.

Então eles observavam, durante aquelas noites simuladas, a ocasional explosão laranja mostrando mais um mineiro se rendendo.

Gregor tinha aproveitado a primeira oportunidade para deixar aquele contrato para trás, mas nunca esqueceria aqueles clarões. Pelo que valia a pena, Gregor podia agradecê-los agora pela ideia que salvara sua própria vida.

— Outra surpresa — disse Felix enquanto as chamas se apagavam, a base compensando a saída de ar quebrada e redirecionando suas energias para outro lugar. — Continuo a subestimar você e sua amiga.

— Minha amiga? — disse Gregor, o filtro de seu capacete deixando entrar o ar e seu cheiro de queimado.

As criaturas viscosas agora existiam apenas como poças de cinzas pela sala. Pedaços negros pendiam do teto, chamuscados no lugar. Outros, com seus braços fungoides parecendo velas, dobravam-se sobre si mesmos enquanto seu interior se assava. Uma visão feia tornada ainda pior.

Mas Gregor estava vivo.

— Sim. Ela reagiu muito como você quando a confrontei — Felix girou lentamente pela sala, absorvendo todo o espetáculo. — Ela não queria me ajudar, mas felizmente o fez. Assim como você.

— Ajudou? — Gregor pegou seu martelo, mantendo os olhos em movimento.

Que outros truques essa coisa tinha?

— Oh, sim. Abriu caminho para mim, por assim dizer — Felix gesticulou em direção à porta larga, e com seu movimento, a coisa manchada de fuligem subiu e se abriu com um estrondo. — Acho que você terminou por aqui. Por favor, pegue o bonde e vá embora.

— Eu não recebo ordens suas.

— Então considere uma sugestão — Felix deu de ombros. — Saia e viva, fique e morra. Tanto faz para mim.

VINTE E QUATRO

DECISÃO DIVIDIDA

Perder o controle de seu veículo estava no topo da lista de coisas que faziam Eponi entrar em pânico. A experiência ideal de pilotagem, com suas mãos nos controles, fazia Eponi sentir como se o veículo existisse com ela, como outro membro ou, na verdade, outra parte de sua mente. Pensar em algo e o veículo faria aquilo quase no mesmo instante. Sua curta carreira nas corridas havia sido construída sobre esse fato, havia prosperado pela maneira como ela podia cortar as sinuosas linhas de crista de mundos gelados e rochosos, como podia mergulhar sob ou dar loopings através dos destroços de seus oponentes quando eles falhavam em fazer o mesmo.

E então ela foi e fez aquela coisa estúpida.

Não. Não cair nesse buraco de memória novamente, embora os paralelos fossem inescapáveis enquanto Eponi tentava puxar o manche de voo do esquife, tentando virá-lo para qualquer lugar, menos para onde estava apontando agora: aquela torre escura. Eponi não sabia exatamente como chamá-la, mas sabia que um circuito escravizado os estaria levando para um lugar com muito mais guardas.

Muitas mais pessoas interessadas em saber por que um esquife que partira com uma tripulação retornava com dois inimigos em seu lugar.

— Alguma ideia? — Sai perguntou, olhando para ela. — Você ainda não tem controle?

— Estou tentando fazer isso funcionar porque me faz sentir melhor — respondeu Eponi. — O esquife nunca vai me devolver o controle. Não a menos que escavássemos até o coração desta coisa e arrancássemos o próprio circuito.

— Isso é possível?

— Claro, vamos desmontar a coisa em que estamos voando, *enquanto estamos voando*.

— Certo — disse Sai. — Bom ponto.

O demolidor decidiu que suas opiniões não acrescentavam muito valor ao estado de espírito de Eponi e saiu, dirigindo-se para o convés. Talvez ele quisesse preparar algum plano de assalto. Entrar com sua espada e derrubar todo mundo. Isso seria uma jogada divertida. A DefenseCorp não proibia exatamente que Sever acumulasse danos colaterais em suas missões, mas mantinha uma declaração de lucros e perdas bem clara para cada debriefing, e Sai derrubando uma torre cheia de inocentes provavelmente faria essa coluna particular ficar no vermelho.

Como os custos extras eram descontados do pagamento de Sever, parecia uma decisão ruim, a menos que Sever pudesse provar que a torre, a cidade e todos que viviam aqui faziam parte de alguma conspiração nefasta para matá-los. O que, se fosse verdade, Eponi poderia muito bem desistir agora porque Sever tinha apenas cinco membros e nem de longe artilharia suficiente para enfrentar um planeta.

O pensamento acendeu uma ideia: se lutar abertamente, ou qualquer tipo de luta, seria uma má escolha para os dois Severs no esquife, então a alternativa significava furtividade.

Dada a aproximação da torre e a altitude decrescente do esquife - parecia que, Eponi viu ao espiar pela entrada da cabine do piloto - que eles estavam se dirigindo para alguma baía de atracação de nível médio. Sai provavelmente poderia pular com sua armadura. Embora o míssil em disparada de Sai fosse visível para qualquer um que se importasse em olhar, isso poderia desviar alguns olhares de Eponi, permitindo que ela... fizesse o quê, exatamente? Alegasse que havia sido forçada a entrar no esquife pelo inimigo?

Mesmo que esse plano não transformasse Sai diretamente em uma poça de carne no impacto, Eponi não queria confiar em suas habilidades de engano para entrar no que quer que fosse o grupo misterioso que controlava este lugar. Ela sabia muito pouco para se passar por qualquer coisa sob um interrogatório superficial. A única maneira de escapar disso seria com uma distração substancial, algo que pudesse tirá-la das garras de quem quer que fossem encontrar, com captura mínima e caos máximo.

— Esquife, sei que nosso tempo foi breve, mas acho que vou ter que explodir você — disse Eponi para os monitores mortos. Não houve resposta. — Sai! Volte aqui!

Com pesados passos mal cobertos pelo suave lamento dos jatos do esquife, não mais encarregados de manter a nave alta no céu, Sai retornou, parecendo tão confuso quanto sempre em sua armadura.

— Você teve uma ideia?

— Tive — disse Eponi, apontando para os monitores. — Que tipo de arsenal você está carregando?

— Tenho três minas restantes. Alguns explosivos maiores. — Sai olhou para os monitores. — Pensei que você fosse contra destruir o navio em que estamos voando?

— Escute — disse Eponi. — Coloque um dos seus grandes explosivos na frente. Bem na frente. Detonamos quando o esquife entrar, nos abrigamos na cabine do piloto. Ele explode, todo mundo entra em pânico, e então damos no pé.

— Você não tem armadura.

Eponi olhou para si mesma, depois de volta para Sai. — Quando foi a última vez que você olhou para mim?

— Agora?

— O que você vê?

— Uh, uma pessoa?

— Uma pessoa minúscula. Você me enrola como uma bola, e resolvemos isso. — Eponi já havia se espremido em cockpits menores, com certeza. — O esquife explode, nós escapamos.

Sai prendeu suas mãos blindadas sobre o topo de sua cabeça, como uma bailarina mecanizada. Um movimento que Sai fazia de tempos em tempos sempre que o homem considerava seriamente uma ideia. Pelo menos a sugestão de Eponi merecia isso.

— Você vai morrer — concluiu Sai.

— Isso depende de você. Mas estamos sem tempo, e se você não colocar essa bomba, nós dois vamos morrer com certeza. Talvez vá com calma nos explosivos?

Sai virou-se de volta para o convés do esquife, olhou para fora da cabine do piloto por um momento, então saiu pesadamente. — Não é minha culpa se isso não der certo.

— Se não der — gritou Eponi atrás dele. — Eu não estarei viva para me importar.

Ela odiava ser alvejada. Odiava estar na linha de frente. No entanto, aqui, se preparando para autodestruir seu esquife enquanto as luzes verdes de boas-vindas da torre começavam a brilhar sobre eles, Eponi se sentia animada. Como se estivesse de volta a uma de suas corridas, com cada segundo na linha divisória entre a vida e a morte instantânea e explosiva. Ser baleada era terrível, mas ter sucesso em uma manobra ousada como esta? Bem, isso não era diferente de driblar Wezzak Cav para conquistar o primeiro lugar no Clássico de Erunian.

Para fazer uma manobra evasiva, no entanto, Eponi precisava enxergar, então ela deixou a cabine do piloto quando o esquife começou a entrar na vasta baía de atracação. De perto, a torre revelou-se menos um produto de fantasias medievais sinistras e mais uma tecno-construção como a maioria dos edifícios que ela dominava; a cor escura vinha de painéis solares sugando energia da luz estelar branca que despencava do alto. Inútil sem os nanobots limpando a névoa, mas com eles, Eponi sentiu que o lugar todo provavelmente se saía muito bem. Não que ela soubesse algo sobre energia solar, mas dado o número de luzes que surgiam de pequenos nichos para focá-los, incluindo mais do que algumas torres de rastreamento, a torre tinha energia de sobra.

Janelas de vidro reto listradas a torre, intercalando-se entre os painéis solares, e Eponi podia ver formas se movendo do outro lado. Não era bom que ela e Sai, que estava agachado na proa do esquife para plantar a bomba, tivessem pouca cobertura. Ela se arrastou de volta, encostou-se na parede interna da cabine do piloto e espiou para fora. Uma proteção leve contra olhos errantes, mas melhor que nada. A torre parecia povoada, embora Eponi não tivesse ideia de que horas eram em relação ao cronograma dia-noite de Dynas, quais eram as horas de trabalho no planeta, ou mesmo se as pessoas que ela via eram trabalhadores ou algo mais. Ou menos. Todo material de dossiê que a Defense-Corp teria fornecido se, bem, eles soubessem que este lugar existia.

— Tá quase pronto? — Eponi gritou. — Porque estamos quase sem tempo!

— Vai estar configurada — Sai gritou de volta. — Se prepara!

A baía de atracação os engoliu como uma boca verde neon, as luzes alinhadas nas bordas da baía servindo de guia para pilotos que realmente podiam controlar seus esquifes. Eponi as observou deslizar por cima - seu esquife agora viajava num ritmo tranquilo de caminhada para o pouso - e viu o teto da baía, coberto de tubos, ganchos e rodas robóticas, guindastes e todo tipo de ferramentas de manutenção que Eponi esperaria encontrar na baía que um esquife quebrado escolheria. Se algo, isso jogaria a seu favor; talvez quem quer que administrasse este lugar não enviaria suas defesas para receber uma nave avariada.

Sai se empurrou contra ela, correndo seu volume de volta e pressionando-os contra a cabine do piloto. — Eles têm um esquadrão lá embaixo, pelo menos — disse Sai. — Tenho quase certeza que me viram também.

— Estragando nossa cobertura antes mesmo de começarmos?

— Eu ainda não estraguei nada. — Sai sentou-se no chão, suas pernas se dobrando nos joelhos como se estivesse apenas fazendo uma pausa rápida. Na armadura, parecia ridículo. — Se aperta aqui e eu farei o que puder. Só temos alguns segundos.

O esquife diminuiu ainda mais a velocidade, e Eponi sentiu os jatos de pouso do esquife assumirem o controle enquanto ela deslizava contra o peito de Sai. Ela puxou as pernas para dentro, aninhou sua pistola firme nos braços e encostou o queixo no peito. Sai a envolveu com os braços, puxou as pernas ao redor das dela o melhor que pôde e descansou a cabeça sobre a dela. Não era uma cobertura perfeita, mas perto disso. O melhor que podiam esperar.

— Não me deixe morrer aqui — disse Eponi, suavemente.

— Não estou planejando isso.

— Ninguém nunca planeja.

Não houve um aviso. Nenhum momento para se preparar. Em um segundo o esquife existia, inteiro e ligeiramente danificado, fazendo um pouso na frente de um esquadrão de inspeção desconfiado, mas não excessivamente animado. No seguinte, estrondos concussivos separaram o terço frontal do esquife do resto, dividindo a proa em mil lanças de metal em alta velocidade que se espalharam pela baía, perfurando paredes, pessoas e qualquer outra coisa com uma letalidade propulsiva. Eponi não podia ver nada disso, ela também não podia ouvir nada, pois a explosão transformou sua audição em um eco ressonante. Eponi sentiu a popa do esquife girar, seus jatos tentando compensar a súbita perda de massa e o dano catastrófico ao corpo do esquife. Em vez de lançar-se de volta para fora da baía de atracação - um medo momentâneo - o esquife girou antes de se acomodar em um deslizamento violento contra uma das longas paredes laterais da baía, atravessando equipamentos e a própria parede.

Em algum momento durante aquela colisão dilacerante, toda a cabine do piloto foi arrancada e levada em uma chuva de faíscas, o som do metal rasgando cortando através da audição danificada de Eponi. Sai manteve-se trancado ao redor dela, impedindo que a chuva de estilhaços a cortasse, a matasse. Eponi perdoou Sai, naquele instante, por cada erro que ele já havia cometido. Por sua obsessão com aquela espada. Por qualquer coisa e tudo.

Ela só queria viver.

VINTE E CINCO

EQUILÍBRIO ENTRE TRABALHO
E VIDA

Ele vinha de uma família de burocratas. A expressão persistia — o pai de Rovo a empregava liberalmente, com orgulho — apesar de o papel real não ter praticamente nenhuma utilidade no mundo moderno. O lema familiar baseava-se em horários confiáveis e sem estresse. Renda previsível e um equilíbrio entre trabalho e vida tão estável que uma existência satisfeita parecia garantida. Rovo, seguindo esse modelo prescrito por seus ancestrais, teria uma família, tempo para hobbies e uma vida tranquila e virtuosa passada transferindo dados de um canto da galáxia para outro.

— Você pode achar entediante — seu pai lhe disse após derrotar um Rovo de dezessete anos em mais uma partida de xadrez 4D. — Mas há algo a ser dito sobre a estabilidade. Eu estou aqui, não estou? Quantas outras famílias podem dizer o mesmo?

Rovo não podia. Não mais. Ele havia se libertado do jugo da familiaridade em busca de emoção. Seus pais haviam objetado, mas a DefenseCorp não se importava. Eles queriam corpos na linha de frente, coletando taxas mais altas em planetas perigosos. Traduções e outros trabalhos de escritório podiam ser feitos, se não por máquinas, então por outros recrutas mais novos de copiosas espécies sencientes sem desejo de empunhar rifles. Rovo havia dado o salto e não via sua família desde então. Talvez nunca mais os visse se não conseguisse sair deste escritório, deste planeta.

Os monitores ainda mostravam as palavras, chamavam Rovo de "comida", embora para quê, Rovo não sabia. Presumivelmente para a cor que havia devorado todas as outras naquele estranho jogo, mas nenhuma bolha vermelha se apresentava. Em vez disso, Rovo observava a porta e considerava suas opções. Sair correndo e arriscar que outros membros do Sever tivessem afastado os guardas? Ficar aqui e permanecer escondido, na esperança de que a crise de alguma forma se resolvesse sozinha? Tentar novamente com os computadores — talvez as palavras viessem de um programa e, conhecendo as regras do jogo, Rovo pudesse vencer desta vez.

Não. Ele havia se juntado ao Sever para fazer parte da ação, não para fugir dela.

Ainda em sua armadura volumosa e queimada por laser, Rovo se levantou e foi em direção à porta do escritório. Do lado de fora das pequenas janelas, luzes escarlates brilhavam nos corredores. Os alarmes continuavam a soar, confirmando a emergência contínua ou a possibilidade de que ninguém restava para desligar o terrível barulho. Tanto faz; como inconveniências, Rovo podia lidar com um pouco de barulho.

Ele tocou o interruptor com o dedo e a porta obedeceu, deslizando e dando a Rovo acesso ao exterior. Com seu rifle de assalto nas mãos, Rovo lançou um olhar para a direita, de volta à usina de energia, e se viu diante da extremidade perigosa de outra arma. Um guarda estava lá, encarando-o.

— A Central nos disse que tínhamos um problema por aqui — disse o guarda, sua voz jovem, traje preto fresco e limpo. — Acho que estavam certos.

— Você vai voltar para aquele escritório bem devagar — outra voz falou, atrás de Rovo. Esta era uma mulher, mais velha. Inimigos com igualdade de oportunidades. — Coloque esse rifle no chão aqui mesmo, ou vamos queimá-lo. A essa distância, não acho que essa sua armadura funcionaria muito bem.

Rovo não tinha tanta certeza disso. A DefenseCorp tendia a equipar suas unidades de elite com o melhor equipamento possível — treinar soldados habilidosos custava mais dinheiro do que comprar equipamentos especializados — e parte dele queria ignorar as ordens, abater os guardas e arriscar. Mas então, discrição e bravura e tudo mais. Melhor levar os dois guardas para aquele pequeno escritório do que deixar um pronto para queimá-lo pelas costas.

— Estou voltando — disse Rovo, colocando o rifle aos seus pés revestidos de metal e recuando de volta para o escritório. — Como vocês dois se esgueiraram até mim? Eu não os vi pelas janelas.

Os dois guardas, implacáveis em seus trajes pretos completos, não disseram nada enquanto seguiam Rovo para dentro do escritório, fechando a porta atrás deles. Nenhum deles pegou o rifle de Rovo; uma pena, já que a arma estava vinculada à assinatura do traje de Rovo. Qualquer outra pessoa tentando usá-la descobriria que a coisa não passava de um caro porrete. Em vez disso, eles mantiveram suas pistolas menores de uma mão apontadas diretamente para o rosto de Rovo.

— Você estava de cabeça baixa olhando para as telas —

disse o primeiro guarda. — Você tem equipamento que indica que é bancado. Por quem?

— Não é problema seu. — Rovo resgatou a bravata dos filmes que havia visto. Agarrou-se a ela e esperou por uma oportunidade. — Eu quero saber...

— Você não faz as perguntas aqui. — O mesmo guarda aproximou sua arma do rosto de Rovo, como se o cano preto fosse fazê-lo falar. O que, poderia. Lasers eram coisas assustadoras. — Quem te enviou, e quantos de vocês existem?

— Só existe um de mim, querido — respondeu Rovo.

— Está prestes a ser zero — disse o segundo guarda.

Uma explosão estrondosa pontuou suas palavras, a base tremendo e fazendo ambos os guardas perderem a mira. Rovo, seus pés mais pesados mantendo o equilíbrio, mergulhou para frente, estendendo os braços em um amplo tackle. Rovo atingiu ambos os guardas e os levou ao chão enquanto o estrondo diminuía, novos sons se somando aos alarmes. Quando atingiram o solo, Rovo não tinha estratégia. Nenhuma técnica. Ele apenas golpeava com os cotovelos, com os punhos e joelhos contra os guardas que se debatiam. Ambos pareciam estar ofegantes após o tackle inicial, o que tornava seus esforços de fuga fracos, sem entusiasmo. Rovo não conseguia dizer quão efetivos eram seus golpes através dos trajes, mas eventualmente os guardas pararam de se mover. Rovo desferiu mais um par de socos para confirmar que os dois estavam caídos, então pegou suas pistolas e as quebrou.

Os filmes diziam que um momento como esse chegaria, e chegou. Rovo riu, aquele tipo de riso eufórico que vem com uma vitória inesperada. Seus antigos colegas de trabalho haviam tratado a decisão de Rovo de pular para o braço ativo da DefenseCorp com o ceticismo reservado aos verdadeiramente loucos. Seus pais tinham sido iguais, dizendo a Rovo que ele não era talhado para esse tipo de coisa, que nenhum deles era. A empolgação deveria ser reservada para os copiosos reinos virtuais, não vivida na vida real. Agora ele estava de pé, vitorioso. Um Sever.

— Que se dane a estabilidade — Rovo murmurou.

No corredor, Rovo pegou seu rifle abandonado e encarou suas opções. Os monitores do escritório haviam trocado as telas com a explosão para uma leitura das várias calamidades da base, começando com a intrusão do Sever até o evento mais recente, a ruptura de uma grande saída de exaustão de calor. O computador não dizia o que havia causado o dano, mas Rovo sentiu que podia atribuir isso a algo que seus companheiros de equipe haviam feito.

Desastres ambulantes, todos eles. Do melhor tipo.

Duas opções. De volta para a usina de energia, onde Sai havia explodido sua barricada, ou mais fundo na base. Mais portas de escritório saudavam essa opção, com uma curva acentuada no corredor cortando mais palpites. Sem sinalização também. Ainda assim, os guardas provavelmente vieram com o esquadrão que entrou pela porta da frente quebrada, que levava à usina de energia. O que significava que Rovo deveria ir para o outro lado.

Como Aurora costumava dizer em suas reuniões: busque o objetivo, não uma briga.

Ao dobrar a curva do corredor, o caminho se ramificava em mais bifurcações em ângulo reto. Sinais de advertência apareceram. Portas sem janelas com sensores de leitura de crachá. Spray branco-choque rotulava as salas com combinações sem sentido de letras e números. Código, como as transmissões que Rovo havia tentado, sem sucesso, decifrar. Agora ele tinha um trio de corredores para escolher, cada um iluminado em vermelho intenso e levando a algum lugar.

Exceto que algo se moveu no corredor central. Lá embaixo, na extremidade da luz. Com forma aproximadamente humana, mas o contorno não correspondia à armadura usada pelos outros guardas. Mais baixo e mais volumoso também. A forma parecia encarar Rovo, que ergueu seu rifle.

— Fique parado! — Rovo gritou por cima dos alarmes. — Ou eu atiro!

A forma não respondeu. Rovo mudou seu visor para infravermelho e viu verde, laranja. A coisa estava viva, então. Não era algum robô.

Azul-preto frio se acumulava ao redor da mancha; nenhuma outra coisa viva se escondia ao redor do canto também. A coisa estava sozinha. Rovo poderia deixá-la, entrar em um dos outros corredores e ver o que encontrava, mas não gostava da ideia de dar as costas para o que quer que fosse isso. E ele gostava de obter algumas informações. Essa coisa poderia saber para onde o resto do Sever havia ido, ou pelo menos o propósito deste lugar.

Rovo foi devagar. Caminhando com seu rifle de assalto pronto, visão de volta ao normal para que pudesse ver o corpo da coisa diretamente à frente. Podia ver quando o que Rovo pensava serem roupas se revelaram estranhas protuberâncias, podia ver um par de olhos azul-brilhante sombreados não por cabelo, mas, ao invés disso, por algo totalmente mais sólido. Espesso. O que era essa coisa? Rovo fez o traje dissecar o ar, espalhando uma análise pelo visor enquanto avançava. Sem anormalidades — a base reciclava seu ar, e além das partículas usuais de pessoas vivas, nada parecia fora do comum. Rovo tentou pensar em outras armadilhas potenciais, mas não conseguia ver nenhuma arma em lugar algum. Então, o que essa coisa, que se recusava a dizer uma palavra, realmente queria?

Na metade do caminho pelo ramo central, entre um par de portas de aço com o que parecia ser mofo esverdeado-preto se espalhando pelas bordas, Rovo parou quando os alarmes silenciaram. Tendo vivido com seus uivos constantes pelo que foram minutos, mas pareceram anos, o súbito silêncio ecoou. A criatura não pareceu se importar, exceto por inclinar a cabeça para o lado, como se perguntasse a Rovo o que ele achava dessa reviravolta dos eventos.

As luzes se apagaram.

O capacete de Rovo funcionou mais rápido que seus reflexos e o mudou para visão noturna, que absorveu cada fóton possível para criar uma imagem verde embaçada, a tempo de ver a criatura se arrastando para longe ao virar outra curva.

— Pare! — Rovo gritou, mas não recebeu resposta.

Quem havia extinguido os alarmes, as luzes? Rovo sintonizou seu transmissor e ouviu a conversa criptografada dos guardas. Excitados, definitivamente, mas impossível dizer se este era um movimento deles ou de outra pessoa. Aurora ou Gregor, talvez? Sai e Eponi conheciam bem a tecnologia. Poderia ser que eles tivessem queimado tudo para se esconderem em algum lugar.

— Alguém me ouve? — Rovo tentou outra mensagem na frequência do esquadrão e não ouviu nada em resposta. Nenhuma outra conversa também. — Acho que não.

O que deixava seguir a criatura como a única opção que valia a pena. Rovo acelerou o passo atrás dela, embora ele jogasse pelas regras e espiasse ao redor da curva, rifle pronto, antes de sair da cobertura. O canto avançava por um curto trecho antes de terminar em outra porta, esta portando uma ampla gama de sinais de perigo além de uma etiqueta de quatro zeros. Um pequeno buraco à direita da porta revelava um fio faiscante, que brilhava intensamente para Rovo, e pedaços do que deveria ter sido o scanner quebrado espalhados no chão.

Nenhuma criatura, no entanto.

Rovo se arrastou em direção à porta, notando as bordas mofadas aqui também. A base precisava de uma boa esfregada, parecia. Melhor se ater a essa ideia do que considerar as opções menos agradáveis de por que metal de alta qualidade como este estaria corroendo. Melhor ficar focado e não vagar por caminhos mais perigosos.

— Abre-te sésamo — Rovo disse, parado em frente à porta.

Ela não se moveu.

Mas quando ele colocou a mão contra ela, alcançando a seção levemente recuada e mais escura que indicava o interruptor da porta, a barreira deslizou para o lado. Mesmo com o capacete, com o filtro de ar funcionando, Rovo sentiu a corrente de ar quando a atmosfera confinada se libertou ao seu redor. Rovo congelou por um segundo, entrando em pânico, antes de se controlar. Esse tipo de vedação de pressão geralmente significava uma câmara de ar, o que, durante a maior parte da vida de Rovo, significaria que ele estaria pisando no espaço sideral se fosse muito mais longe. Mas ele não estava no espaço, por mais escura que fosse a ampla sala à sua frente. Ele havia pousado em Dynas. Não havia vácuo aqui.

Ele podia ver uma escada. À sua frente e presa a uma plataforma estreita com corrimão, iluminada por um par de pontos de emergência embutidos no chão, projetando sua luz vermelha através da fina teia carnosa que a cobria. Os tentáculos verde-escuros cobriam a escada e cresciam ao redor do corrimão também. Espalhavam-se pelo chão de aço ladrilhado em manchas. Rovo passou pela soleira da porta para dentro da sala, avançou e espiou por cima do corrimão. Havia pouca luz lá embaixo para enxergar.

Rovo podia resolver isso.

Ele tocou o topo de seu capacete, acendendo sua luz, e olhou. O gelo se apoderou dele com o que Rovo viu, e ele queria, realmente queria, segurar o gatilho de seu rifle e queimar cada centímetro da sala até virar cinzas. Mas ele não teria energia suficiente. Uma dúzia de rifles de assalto não teriam poder para queimar toda aquela horrível massa pulsante e crescente. Preta e verde, azul e roxa, o espaço gigantesco — Rovo calculou que era maior que a usina de energia — apresentava todas as características de experimentos que deram errado. Tubos de vidro estilhaçados pendiam do teto, suas metades inferiores escondidas sob a piscina movediça.

E que piscina. Como uma sopa podre ainda fervendo, a ondulação escura estourava e borbulhava, ondulava e se contorcia. Se o movimento vinha da própria substância ou de algo abaixo dela, Rovo não sabia. Não queria saber.

Sever tinha vindo aqui para salvar alguém que precisava de resgate, não para lidar com horrores como este. Hora de voltar. Encontrar Aurora e sair daqui o mais rápido possível.

Rovo virou-se de volta para a porta. Parada na frente dela, entre ele e a saída desta câmara de pesadelos, estava a criatura em todo o seu grotesco esplendor.

— Estou tão feliz que você veio — disse ela, e empurrou.

A armadura de Rovo compensou o empurrão, tentou travar seus pés, mas Rovo estava em cima do mofo, e o mofo empurrou de volta. Rovo escorregou, tentou agarrar o corrimão enquanto a criatura o empurrava novamente.

Ele caiu.

CAÇADA AO MONSTRO

Crescer em uma nave espacial significava que Aurora passava tempo lidando com portas trancadas. Dar liberdade total às crianças em uma estrutura coberta de botões que poderiam, dependendo da circunstância, liberar oxigênio, lançar naves de emergência ao espaço ou ajustar as temperaturas da estufa era universalmente reconhecido como uma péssima ideia.

No entanto, à medida que naves cada vez maiores serviam cada vez mais como lares intermináveis para as pessoas que viviam nelas enquanto atravessavam a galáxia de um sistema a outro, métodos de cuidados infantis tiveram que ser desenvolvidos. Para Aurora e as outras doze crianças na *Skysurf*, isso significava passar a maior parte dos dias trancados em uma sala abobadada, olhando para as nebulosas acima e tentando abrir caminho para a liberdade abaixo.

Eles nunca tinham conseguido isso na época, já que brinquedos se mostraram ferramentas inadequadas para quebrar fechaduras modernas.

Agora, porém, Aurora tinha um par de pequenos detonadores de impacto, pequenas minas que se grudariam a um ponto e o explodiriam. Esta porta era um pouco maior do que as minas foram projetadas para lidar, e não havia um ponto fraco óbvio para mirar, mas depois de analisar os restos fumegantes do monitor, Aurora não via outra saída. Ela tinha sentido uma explosão dois minutos atrás, mas quando a base não desabou sobre ela, Aurora concluiu que ainda precisaria explodir sua própria saída.

Ela continuava tentando o canal da equipe Sever também, encontrando apenas estática. Quando voltassem para a DefenseCorp, Aurora forçaria seus compradores avarentos a conseguir alguns comunicadores capazes de penetrar um andar inteiro de metal. Ou pelo menos tentaria, porque essa bagunça era enlouquecedora. Como Aurora poderia comandar sua força se não conseguia falar com eles?

Bem, eles ouviriam a explosão dessas minas, de qualquer forma.

Aurora pegou a primeira. Um pequeno disco com quatro brocas de diamante nas costas, o detonador de impacto poderia usar sua pequena bateria para cavar um buraco onde esperaria o sinal de Aurora para explodir sua carga. Ela inspecionou a larga porta de metal, decidindo que as paredes mais grossas seriam mais difíceis de romper. O centro seria o ponto mais fraco. Aurora mirou o detonador, pressionou-o contra a porta e colocou o polegar sobre o interruptor de superfície que ativaria a bateria.

A porta se abriu rapidamente, rangendo ao esfregar contra os dentes de diamante, até Aurora puxar a mina para longe, sacando sua pistola com a mão esquerda e apontando-a diretamente para o rosto de Gregor.

— E aí — disse Gregor, com o martelo empunhado ao lado e, além da lama preta carbonizada cobrindo sua armadura, parecendo bem. Além dele, o corredor ainda estava iluminado em vermelho, embora os alarmes parecessem ter parado. — Tudo bem, comandante?

— Já faz um tempo.

Aurora se moveu para além da porta, para o caso de ela ter alguma ideia grandiosa de fechar novamente, e, no corredor, ela e Gregor se atualizaram sobre seus encontros com Felix. Parecia que Gregor tinha levado a pior - Aurora não tinha lidado com criaturas com sabor de teto - e o homem do martelo não tinha certeza de quanto dano havia causado à base, se ela poderia lidar com a abertura de ventilação de calor destruída. Aurora apostaria que uma instalação tão técnica quanto esta teria redundância suficiente para evitar que explodisse tão facilmente, mas uma partida rápida não seria uma má ideia.

Mas eles precisavam encontrar os outros três antes de partir. E destruir Felix. Em qualquer ordem.

— O bonde está funcionando agora — a voz de Felix encerrou a conferência deles. Sem projetores no corredor, a criatura não podia enviar sua imagem, mas podia falar através dos intercomunicadores espalhados. — Eu liberei as travas. Vocês podem sair.

Aurora tentou descobrir para onde olhar e decidiu-se pelo bonde, — Não vamos sair até pegarmos o resto da nossa equipe. Nos ajude com isso, e talvez deixemos você viver.

Ela não deixaria, mas geralmente prejudicava as negociações declarar a morte iminente e certa de um dos lados.

— Seus amigos já foram embora — disse Felix. — Vocês estão ficando para trás.

— Eles nunca fariam isso — respondeu Gregor. — Somos uma equipe.

— Então sua equipe está quebrada — disse Felix. — Eles voaram em um esquife não faz muito tempo, em direção à cidade.

Mais uma nota para investigar depois, mas Aurora não queria bancar a investigadora neste maldito corredor. Em vez disso, ela apontou para o elevador com sua pistola, — Tem alguém esperando do outro lado daquelas portas?

— No momento, não. Em outro, quem pode dizer?

Aurora voltou, traçou a chegada de Sever à base. Eponi tinha ido sozinha para abrir caminho, perdeu sua armadura. Aurora e Gregor tinham se separado de Rovo e Sai, com os dois últimos indo atrás de Eponi. Se os três escaparam no esquife - com sua incapacidade de se comunicar, não era impossível - então Aurora e Gregor poderiam muito bem pegar o bonde e dizer adeus a essa bagunça.

— Quantos foram no esquife? — perguntou Aurora.

— Três — respondeu Felix, lento e uniforme. Como o próprio lodo crescendo por todo o seu corpo.

Isso significava que eles tinham se encontrado. O resto de Sever tinha partido, e Aurora e Gregor deveriam seguir. Exceto se ela estivesse errada, se Felix estivesse mentindo...

— Mostre-nos — disse Aurora, e Gregor lhe lançou um olhar confuso, seus olhos visíveis através do visor do capacete. — Se eu vou confiar em você, então preciso de provas. Há câmeras em toda parte nesta base.

Felix não respondeu imediatamente. Uma pausa longa o suficiente para que Aurora já tivesse se virado para o elevador antes que a voz viscosa começasse novamente.

— Eu mostrarei, mas vocês devem vir até mim primeiro.

— Isso não é um problema. — Aurora acenou para Gregor, que apertou o painel de chamada do elevador. — Estaremos aí em breve.

Felix não respondeu. Aurora não sabia onde o monstro estava dentro da base, mas a atitude assustadora de Felix e as tentativas de manipulá-la e, ah sim, matar ela e sua equipe significavam que ela iria rasgar cada parte da estrutura em pedaços até encontrar aquele rosto de sorriso leve e arrancar o fungo dele.

Ninguém ameaçava Sever e sobrevivia.

— Ele tentou me matar — disse Gregor quando ambos entraram no elevador. — Ele falhou.

— Nós não falharemos.

Jogar o jogo do Sever significava tomar cada ação com uma intensidade sombria. Gregor e Aurora dividiram os lados do elevador, cada um tomando uma parede e apontando rifles — Gregor amarrou seu martelo na parte de trás — para as portas.

Quando as lâminas de metal deslizaram para abrir, separando-se do meio com graça rápida, e revelaram meia dúzia de guardas planejando alguma estratégia, os dois Severs dispararam tanto fogo laser que a parede em frente ao elevador começou a derreter com o calor. Os guardas não tiveram chance de se mover, nem de se esquivar ou sacar ou decidir qual dessas seria a melhor ação. As portas do elevador se abriram, e cinzas seguiram.

— Ninguém esperando além do elevador? — disse Aurora enquanto ela e Gregor passavam por cima de suas vítimas. — Mais uma mentira para responder.

Felix não estaria de volta à entrada da base, o que significava ir pelo outro corredor. Luzes vermelhas ainda brilhavam aqui em cima também, envolvendo os corpos fumegantes em sombras carmesim. Gregor liderava, agora trocando seus rifles pelo martelo enquanto Aurora dava suporte. Ela mantinha o transmissor totalmente aberto, mas só ouvia estática.

A usina de energia veio como uma pequena surpresa, mas confirmou a função da base como algo muito mais do que um simples posto avançado. Você não operava um monte de micro reatores porque precisava aquecer a comida à noite. Um par de guardas entrou onde Gregor e Aurora estavam pelo corredor da direita, aparentemente não esperando companhia apesar das luzes de aviso. Aurora disparou alguns tiros, mas esses guardas provaram ser mais rápidos que o outro grupo, mergulhando atrás do primeiro reator enquanto o fogo de Aurora costurava buracos negros na parede atrás deles.

Gregor desceu pelo meio da usina de energia, martelo pronto, enquanto Aurora avançava em direção ao corredor que os guardas haviam deixado. Encurralar, destruir. Uma operação simples de dois passos. Quando Aurora contornou a torre do reator, os guardas não estavam visíveis. Um estrondo ecoou pela sala, e então lá estavam eles, correndo e atirando com suas pistolas para trás, na direção onde Aurora esperaria que Gregor estivesse.

— Oi — disse Aurora quando os guardas lembraram que estavam enfrentando dois inimigos, não um. Ela apertou o gatilho mirando em seus rostos, suas mãos voando para cima numa tentativa inútil de se protegerem. — Tchau.

Gregor se aproximou, andando e balançando o martelo como se fosse um brinquedo em vez de uma máquina de demolição. Aurora gesticulou para os guardas caídos.

— Me fazendo limpar suas sobras? — disse Aurora.

— Eles eram covardes.

O corredor que os guardas haviam deixado acabou sendo uma ruína. Alguém tinha explodido uma parede e derrubado um teto em uma pilha de escombros bloqueadora. Faíscas jorravam de algum fio cortado, e água vazava em uma poça que se espalhava, que Aurora calculou que poderia dar um choque letal em qualquer um burro o suficiente para tocá-la. Eles consideraram o bloqueio por um momento, antes de ambos lançarem olhares para o martelo de Gregor.

— Possível — disse Gregor.

— Não — respondeu Aurora. — Não até descartarmos o outro caminho.

Se o resto do Sever realmente tivesse partido, então cada minuto gasto martelando através dos escombros seria perigoso. Gregor e Aurora estavam lidando com esses guardas com o forte apoio da surpresa. Novos reforços não cairiam tão facilmente. Melhor evitá-los.

Pelo outro caminho, eles encontraram soldados inconscientes em um escritório. Sem queimaduras de laser. Sever não ganhava pontos extras por assassinatos, então Aurora os deixou lá depois de se certificar de que não tinham armas funcionando. Ela se virou, voltou para o corredor e parou.

Gregor estava parado, martelo pronto, olhando mais adiante. Felix. Difícil de dizer com precisão na luz vermelha, mas Aurora sabia da mesma forma que sabia de uma ameaça. Sentia. Um formigamento em seu pescoço, sua respiração ficando tensa. Ela levantou seu rifle e atirou, mas Felix se moveu rápido demais. Desapareceu na curva.

— Vamos devagar — disse Aurora. — Ele quer que o sigamos, ou já teria desaparecido.

— Jogando um jogo perigoso.

— Um que ele vai perder.

Depois da curva, as portas mudaram. O que antes eram escritórios agora tinham rótulos mais amplos, e as paredes brilhantes escureceram com linhas pretas escorridas e mofadas. Como se a própria base estivesse doente. Aurora fez um cálculo rápido: quaisquer portas que parecessem abrigar pragas, ela não queria ver abertas. A visão, no entanto, cutucou aquela parte de Aurora sempre sintonizada com oportunidades de fazer dinheiro. As coisas que ela já tinha visto aqui quebravam todas as normas galácticas, mas uma dúzia ou mais de experimentos nauseantes não deixariam ninguém muito agitado. Uma base cheia dessas coisas, e uma como Felix provavelmente significava mais, poderia sinalizar uma resposta completamente diferente.

A DefenseCorp pagava grandes recompensas por grandes contratos, e limpar um mundo como Dynas, coberto de monstros bio-engenheirados, seria um grande contrato. Aurora poderia se aposentar só com a taxa de localização.

— Ramificações — disse Gregor quando o corredor se dividiu em três. — Felix está no meio.

E lá estava ele. De pé no vermelho. Feio como sempre.

— Atiramos nele? — perguntou Gregor. — Ou devo atacar?

— Vamos devagar — respondeu Aurora. — Estou ficando curiosa para ver até onde isso vai. Podemos acabar com ele no final.

Felix não se opôs ao ritmo. No entanto, quando os dois Severs chegaram à metade do caminho até ele, a criatura disparou novamente. Desta vez, as luzes também se apagaram, mergulhando tudo na escuridão.

— Luzes acesas — disse Aurora, e imediatamente os capacetes de ambos banharam o corredor com um brilho amarelo-branco. — Se Felix quer escuridão, não vamos dar isso a ele.

Gregor tomou a liderança novamente, martelo pronto, e Aurora andava alguns metros atrás, dando-lhe bastante espaço para balançar. Ela verificava constantemente suas costas, mas nada tentou emboscá-los. Eles chegaram a uma porta fechada, fortemente rotulada. Sem scanner de crachá.

— Pronta? — perguntou Gregor.

— Pronta.

Ele tocou a porta e ela deslizou para abrir sem resistência. Revelou uma pequena plataforma e uma escada. Gregor deu um longo passo para fora, espiou sobre a borda. A luz de Aurora pegou a sombra, e ela avançou rapidamente — tanto quanto se pode em uma armadura volumosa — e golpeou o braço de Felix para baixo. Ela seguiu o golpe até a plataforma enquanto Felix se encolhia para a direita, onde aparentemente estava escondido sob um console oco. Uma armadilha, então. Aurora mirou seu rifle enquanto Gregor mudava para um balanço com a mão esquerda. Ela poderia assar, ele poderia esmagar.

— Como você quer morrer? — perguntou Aurora.

— Eu não quero morrer — respondeu Felix.

— Não é uma escolha — respondeu Gregor.

— Uma barganha! — disse Felix. — Informação pela minha vida. Pela vida do seu amigo.

— Você disse que nossos amigos tinham ido embora — disse Aurora, sem se surpreender nem um pouco.

— Eles não me criaram para ser honesto.

— Que tal com medo?

— Isso, eu conheço — disse Felix, subindo, absorvendo seu caminho para fora de seu buraco. — Seu amigo. Ele está lá embaixo.

Com um braço doentio e fungal, Felix apontou para baixo além da escada, para a massa borbulhante, preta e verde de mofo. Aurora podia ver, destacando-se como uma bandeira plantada, a perna de Rovo, a armadura azul brilhando na luz de seu capacete.

VINTE E SETE

POUSO FORÇADO

Na opinião de Sai, a DefenseCorp mantinha o melhor sistema de simulação da galáxia. Qualquer cenário que ele quisesse executar, Sai podia construir por conta própria ou solicitar que fosse criado por designers que sabiam como moldar a realidade virtual no espaço de jogo perfeito. A Sever usava os simuladores principalmente para praticar manobras, ataques coordenados e coisas do tipo. Sai, no entanto, preferia testes de explosivos. Simular como várias configurações químicas e elétricas explodiriam e se a armadura fornecida pela DefenseCorp poderia suportar a explosão resultante.

Saber que ele poderia detonar e sobreviver a uma bomba dava a Sai uma surpresa e tanto para usar.

Então, quando o esquife se espatifou e colidiu com a torre, quando Sai sentiu barras de metal, gesso seco e detritos que desafiavam descrição se chocando contra ele, ele sabia que sua armadura poderia aguentar. Qualquer coisa menos que fogo laser sustentado ou armas com lâminas de diamante teria dificuldade em penetrá-la.

A armadura, no entanto, não fazia nada para deter o momento.

O esquife finalmente atingiu algo mais forte que seu casco vacilante ao atravessar a baía, entrando em um corredor amplo e colidindo com a parede atrás. Enquanto a camada externa da parede desabava, a frente destruída do esquife ficou presa, lançando Sai e Eponi para frente através do espaço que antes era ocupado pelo teto da cabine do piloto. Sai não tinha os reflexos necessários para capturar Eponi no ar enquanto mantinha qualquer aparência de compostura, então ele voou para fora se debatendo antes de cair com força através de uma combinação de convés do esquife e parede da baía de atracação em ruínas.

Pesado o suficiente para continuar rolando, Sai se desprendeu daquela bagunça e deslizou junto com os escombros, de costas, em direção ao buraco que a proa afundada do esquife criou ao completar sua colisão apocalíptica.

Ao seu redor e acima dele, pendiam vigas de sustentação quebradas, fios faiscantes e canos vazando sabe-se lá o quê. Metais brancos e cinzas, poeira e azulejos pairavam no ar ou caíam com Sai. O impacto abalou seus sentidos, mas Sai sabia que se caísse naquele buraco, na sala que quer que estivesse além, teria dificuldade em voltar para Eponi. Então ele estendeu a mão, agarrou o que pôde e ativou os pinos em suas botas, buscando aderência.

As botas de Sai encontraram apoio primeiro, e Sai percebeu seu erro quando seus pés subitamente presos o lançaram para cima, jogando-o para frente e batendo com o peito na mesma rampa que ele acabara de deslizar, espalhando ainda mais cacos e entulhos por toda parte. Ele acrescentou suas próprias maldições aos alarmes que soavam ao seu redor. Não conseguia pensar em um momento melhor para se revoltar contra qualquer malfeitor divino que o havia colocado nesta missão. Pelo menos os outros Severs não estavam vendo isso.

Seus tornozelos, enquanto isso, definitivamente estavam *sentindo* isso, e, com suas botas travadas, os tornozelos de Sai protestavam por suportar todo o peso do homem. Eles estalaram, ficaram tensos, e Sai não conseguia encontrar apoio na rampa improvisada coberta de detritos para se empurrar para cima. Duas opções: ou mergulhar à frente ou ficar e quebrar os tornozelos.

Sai decidiu mergulhar. Retraiu os pinos de suas botas, que se soltaram para o imenso alívio de seus tornozelos, e Sai deslizou para o buraco irregular como o mergulhador mais desajeitado da galáxia. A queda durou dois batimentos cardíacos, talvez três, antes de Sai bater em um piso feito de material muito mais resistente do que aquele pelo qual acabara de cair. Material mais macio também, que amorteceu o impacto o suficiente para Sai sentir apenas algumas costelas racharem, uma torção estranha no quadril e uma pancada que sacudiu seus ossos no crânio. Esse último golpe manteve Sai no chão, nublando sua mente com nuvens escuras.

Seu capacete gritava com ele, alarmes piscando em seu visor, mas Sai fechou os olhos. Tentou ignorá-los por um longo momento e se esparramou no chão. Se quem quer que fosse o dono deste lugar quisesse fazer dele prisioneiro, Sai iria. Só para fazer a loucura acabar. Ele já havia participado de muitas missões com a Sever e a maioria dava errado em algum momento, mas colidir um esquife em um edifício gigante em um mundo pantanoso desconhecido coberto de gás amarelo? Algo sobre essa confluência quebrou a compostura de Sai. Ele precisava de um minuto para recuperá-la.

O capacete de Sai não lhe deu esse minuto.

Os alertas aumentaram em tom e frequência, explodindo nos tímpanos concussionados de Sai até que ele conseguiu murmurar o comando para desligá-los. Esse murmúrio e a tênue conexão com a realidade que ele proporcionou foram suficientes para Sai forçar seus olhos a se abrirem novamente. Olhar de lado através do visor e seus avisos. Em vermelho vivo ao longo do lado direito de sua visão, o vidro resistente exibia um círculo azul profundo com um ponto verde no meio - Sai - e um trio de pontos vermelhos se aproximando constantemente. Se eles realmente significavam perigo para Sai ou não, a armadura não saberia, mas neste lugar Sai podia supor que não eram amigos.

Não há descanso para os Severs.

Sai se empurrou, ficou de pé com uma fraqueza oscilante que o fez cambalear de um pé para o outro, instável. A sala espaçosa, iluminada em tons suaves de roxo como uma boate de má qualidade, se estendia ao seu redor. Formas estranhas também estavam ao redor. Pedregulhos grandes e o que pareciam ser árvores falsas, altas e sombreadas, construídas diretamente no chão. Como se alguém tivesse criado uma pista de obstáculos, ou um campo de batalha. E aqueles pontos vermelhos?

Não eram rochas. Não eram árvores.

Sai sacudiu a cabeça, tentando entender o que estava vendo. Seu visor indicava que um daqueles pontos vermelhos estava bem à sua frente, mas para Sai, o que vinha em sua direção parecia mais o volume trêmulo de um gigante congelado. Humanóide, sim, mas com pelo menos três metros de altura, com um rosto alongado e membros azulados com proporções totalmente erradas. Cabelos grisalhos se aglomeravam em vários lugares da criatura, como se ela tivesse passado por uma tentativa desastrosa de se barbear. Sem roupas, sem armas, mas se movia em direção a Sai com um andar constante e arrastado.

— O que é você? — disse Sai, tentando recuar para ganhar alguma distância, mas seu cérebro confuso o fez tropeçar para trás.

Algo o agarrou, segurando-o firme até que Sai chutou o ar para se impulsionar, o que o lançou alguns metros de distância, resultando em outro impacto duro e doloroso contra o chão. Olhando para trás, Sai teve dificuldade para focar, mas a coisa que o havia agarrado parecia negra como piche, robusta. Também humanóide, mas compacta. Reluzente sob a luz violeta.

Sai olhou para o último ponto vermelho e não ficou surpreso ao descobrir que este também se parecia com uma pessoa, só que coberta de crescimentos pretos-esverdeados semelhantes a musgo. Braços e pernas tomados por bulbos biológicos trêmulos que tornavam cada passo em direção a Sai um som pegajoso. A terceira criatura também completava o tema unificador do trio para Sai:

Todas eram horrivelmente feias.

Desta vez, quando Sai se levantou, os tremores não eram tão ruins. Seu nariz ainda parecia sentir um cheiro estranho, e o peito de Sai latejava com o tipo de dor que exigia atenção urgente, mas, por enquanto, seu corpo conseguia reagir à situação. Suas mãos também - elas sacaram a espada das costas de Sai, onde ela havia sobrevivido à queda e ao subsequente deslize sem problemas.

Enquanto as três coisas convergiam para Sai, ele segurou a lâmina à sua frente, sua borda refletindo a luz. Realmente bonita. Se Sai fosse morrer nesta torre, e ele não tinha dúvidas de que as pessoas o matariam quando isso terminasse, então ele esperava que algum vídeo disso fosse divulgado. Que se espalhasse pelas ondas galácticas até sua família, para que seu filho e sua filha tivessem uma boa imagem heroica de seu pai.

Então, erguendo a lâmina até seu ombro direito, Sai acenou com a cabeça para os três monstros que se aproximavam e pôs-se a trabalhar.

VINTE E OITO

TRABALHO SUJO

Os mineradores de asteroides tinham uma de duas atitudes. Ou não salvavam o sujeito em apuros, porque provavelmente seus próprios erros o haviam colocado lá. Por que se arriscar para salvar alguém de seu próprio fracasso? A outra perspectiva dizia para mergulhar, fazer o que pudesse para salvar o minerador porque amanhã poderia ser você que precisaria ser salvo, e a ajuda tendia a voltar. Gregor preferia ficar no meio-termo e eliminar o joio inútil antes que pudessem se colocar em posição de machucar a si mesmos ou a qualquer outra pessoa.

Quando chegou à DefenseCorp, essa atitude não o tornou querido por praticamente ninguém. Quem queria um companheiro de esquadrão que julgaria sua aptidão para o cargo e, com base em sua própria opinião, decidiria se ajudaria ou não? Os testes de Gregor, seu desempenho em campo, com quem ele se sentava no refeitório, tudo se concentrava em torno de sua eficácia brutal e tolerância zero para companheiros abaixo do padrão. Ele aceitaria de bom grado chances difíceis, desde que o lutador ao seu lado fosse tão bom, ou quase tão bom, quanto Gregor.

Até Medux Prime.

Relegado ao serviço de patrulha depois de alienar seus companheiros em Roast, Gregor foi transferido para uma unidade de classe D destinada a impedir que um monte de civis indefesos se matassem enquanto as ondas gigantes de Medux Prime arremessavam suas ilhas muito menores ao redor de sua superfície e umas contra as outras. Qualquer humano são teria declarado o planeta inabitável, mas as espécies que haviam crescido lá prosperavam com o conflito e extraíam uma grande quantidade de pedras preciosas incríveis criadas por grandes rochas antigas colidindo repetidamente.

Gregor passou dois anos navegando por essas ilhas, e nesse tempo trabalhou com a escória da escória. Pessoas que a DefenseCorp escondia em Medux Prime não porque tinham problemas de personalidade como Gregor, mas porque mal sabiam qual ponta do rifle apontar para o inimigo.

Cercado por tolos, e visto como tal por um comandante cujo único objetivo parecia ser desviar pedras preciosas suficientes para si mesmo para se aposentar, Gregor aprendeu a... ensinar. Aprendeu a aceitar quando um novato incitava um motim ao ameaçar acidentalmente os líderes de uma ilha recém-esmagada. Aprendeu a intervir e ajudar quando um recém-chegado colocava sua armadura ao contrário, acionava seus propulsores e se lançava ao mar.

Eventualmente, com seus fracassados maltrapilhos da DefenseCorp, Gregor confrontou o comandante de Medux Prime. Ele entrou no escritório do homem, martelo nas mãos, e exigiu que o comandante parasse de roubar dos alienígenas que pagavam à DefenseCorp para mantê-los e suas pedras preciosas em segurança. Quando o comandante riu na cara dele, Gregor apontou para o esquadrão de soldados, se não endurecidos, então não totalmente ineptos atrás dele. O comandante empalideceu, declarou que pararia e então prontamente os transferiu, despachando Gregor para Sever, onde o homem empunhando o martelo nunca mais chegaria perto de Medux Prime novamente.

Ainda assim, Gregor considerou uma vitória moral.

Então, quando viu Rovo, o novato, talvez morto, mas talvez vivo naquela lama horrível, Gregor já tinha escalado metade da borda antes de Aurora lhe dar sinal verde para mergulhar. Gregor guardou seu martelo enquanto saltava da plataforma - a queda esmagadora estava entre seus movimentos favoritos, mas esmagar um Rovo já envolvido parecia uma escolha ruim - e mergulhou na sujeira. Diferentemente das criaturas que ele havia esmagado e depois queimado na sala abaixo, cuja pele havia sido coberta por essa coisa, a imundície pura tinha uma sensação mais leve. Como mover-se através de teias de aranha grossas, embora estas deixassem uma mancha líquida. O peso de Gregor sozinho o afundou até a cintura, mas um disparo rápido dos propulsores de suas botas o empurrou de volta ao topo com um fantástico spray de gosma, onde ele pôde se ajoelhar e ficar, com leves impressões, na superfície.

— Tudo bem? — disse Aurora, sua transmissão de campo próximo trazendo sua voz ao ouvido de Gregor como se estivessem lado a lado.

— Vivo, mas está me agarrando — disse Gregor, desprendendo-se dos fios que o agarravam e fazendo seu caminho até Rovo. — Posso precisar de ajuda para tirar o novato daqui.

— Vamos ver se nosso amigo tem alguma ideia.

Gregor não esperou por Felix. Assim que chegou ao único membro preso de Rovo, Gregor deu um puxão na bota de placa azul, sem resolver nada. Ele não conseguia

muita alavancagem com a imundície agitada, e Gregor
sentiu um puxão oposto também - algo queria que Rovo
ficasse lá embaixo.

A sujeira decidiu que queria Gregor também.

Tentáculos pretos e verdes se ergueram da gosma, esten-
dendo-se em direção a Gregor como cobras de um pântano.
Ele os golpeou com uma mão, enquanto continuava a puxar
Rovo com a outra, mas os golpes não fizeram nada para
deter as coisas que se aproximavam. Elas nem tentavam
esquivar, apenas recebiam os golpes de Gregor, espalhavam-
se e se reformavam para mais. Algumas escaparam pelo lado
esquerdo, onde Gregor estava puxando, e uma súbita
explosão de fogo amarelo as chamuscou.

— Estou te cobrindo — disse Aurora. — Concentre-se
em tirar Rovo daí. Felix diz que não pode controlá-lo.

— Jogue-o aqui, veja se isso lhe dá alguma ideia.

Gregor precisava de uma mudança de estratégia. Olhou
para trás, para a escada que subia do lodo em direção ao
topo. Parecia robusta, talvez forte o suficiente para aguentar
seu peso. Gregor soltou Rovo, levou as mãos à cintura e
desconectou o par de cabos de ligação, como os que Sai
havia usado para entrar na mina lá fora, e os prendeu na
bota de Rovo. Projetados para manter as pessoas juntas no
vácuo, Gregor imaginou que os cabos poderiam suportar o
esforço.

Se os ossos de Rovo sobreviveriam sem quebrar, bem,
era melhor do que estar morto.

Enquanto Aurora costurava fogo dourado ao seu redor,
transformando tentáculos em cinzas ardentes, Gregor
voltou-se para a escada, agarrou-a com ambas as mãos e
subiu. Depois de ter subido alguns degraus, Gregor sentiu
fortes puxões nos cabos enquanto o fogo laser queimava

próximo. Aurora tinha que proteger os cabos também agora, com os tentáculos pegajosos se agarrando aos elos.

Aurora devia estar gastando energia demais do rifle nisso, mas as missões Sever nunca saíam bem, sempre desviavam para o lado. Risco máximo, emoção máxima.

— Aguente firme, novato — disse Gregor, transmitindo as palavras no canal do esquadrão. Rovo talvez pudesse ouvir, talvez pudesse se preparar. — E se conseguir me ouvir, empurre.

Gregor tentou dar um passo, esforçando-se contra os cabos. Pressionou com os pés, puxou com as mãos e lutou contra o aperto do lodo. Com um som de sucção e coagulação, a superfície escura se abriu e a perna de Rovo saiu, com rasgos se espalhando e se reparando no lodo. Agora que tinha impulso, Gregor continuou. Um passo após o outro, o suor se formando e escorrendo pelo esforço, apesar da tentativa da armadura de manter Gregor em temperatura ideal. Tentáculos saltavam em direção ao corpo de Rovo e Aurora os repelia com tiros, costurando um ataque tão constante que um incêndio crescente começou, queimando a abundante matéria viva.

Ações heroicas mereciam cenários heroicos.

Com o corpo inerte e coberto de lodo de Rovo agora descansando sobre a superfície em chamas, Gregor olhou de volta para cima, em direção à plataforma, e fez um cálculo aproximado. Dobrou os joelhos na escada, soltou as mãos e saltou, empurrando-se para longe do próximo degrau. Ativou os propulsores, esgotando suas baterias até zero, o que impulsionou Gregor pelos últimos metros até que o peso de Rovo interrompeu a ascensão. Gregor agarrou o penúltimo degrau da escada, bateu os joelhos contra a parede e olhou para baixo para ver Rovo pendurado, com o capacete para baixo. Mas o novato estava fora da superfície, livre dos tentáculos.

Outro impulso levou Gregor sobre a borda, e Aurora veio ajudar, puxando os cabos. Felix, Gregor notou, havia sido enfiado de volta em seu buraco, os olhos azuis da criatura fitando-os.

— Ele desistiu? — perguntou Gregor enquanto puxavam Rovo para cima.

— Não queria levar um tiro — respondeu Aurora, então deu uma olhada sobre a borda. — Parece que comecei um incêndio.

— Deixe queimar.

Aurora não respondeu a isso, apenas continuou ofegante e puxando. Gregor não via razão para salvar o lodo, vivo ou não. Felix quase havia matado Rovo, tinha tentado matar os dois, e essa sujeira crescente parecia estar do lado dele. Deveria ser destruída.

Rovo passou pela borda da plataforma, sua armadura marcada com buracos, como se o lodo tivesse dissolvido seu caminho através dela. A viseira do novato mostrava rachaduras e seções turvas onde havia feito o possível para resistir ao ácido. Uma linha vermelha escorria da testa de Rovo também. Um corte de uma queda, provavelmente. Ainda assim, a armadura informava que os sinais vitais gerais de Rovo estavam bons. O novato estava vivo, mesmo que não estivesse consciente.

— Hora do feio ir embora — disse Gregor, desconectando-se de Rovo e apontando para Felix. — Alguma última palavra, monstro?

— Tenho muitas — disse Felix, encolhendo-se mais para dentro de seu buraco. — Muitas que eu poderia contar a vocês, também, sobre este lugar.

— Não estou interessado — respondeu Gregor, mas quando ele foi em direção a Felix, Aurora agarrou seu braço.

— Eu quero saber — disse Aurora. — Grave o que ele disser. Pode ser valioso para nós.

Duas maneiras de interpretar essa palavra, valioso. Informações sobre o inimigo sempre tinham valor, podiam salvar vidas ou facilitar a missão. Ou render dinheiro. Por que Aurora se importaria com dinheiro neste estágio, com mais da metade do esquadrão ferido ou desaparecido, não fazia sentido. Mas então, Gregor não era o comandante. Não tinha que relatar à DefenseCorp sobre o sucesso e o fracasso da missão. Ele preferiria esmagar Felix ali mesmo com o martelo, mas se Aurora ordenasse, Gregor obedeceria.

— Fale, criatura. — Gregor se agachou e encarou Felix através de sua viseira.

Como pano de fundo, a matéria biológica em chamas produzia uma fumaça preta tão espessa que os respiradouros da sala tinham que girar e zumbir para manter o ar circulando. A voz de Gregor se sobrepunha ao seu giro incessante, pontuada por estalos quando os maiores crescimentos abaixo queimavam e estouravam. Os filtros de ar impediam que parte do cheiro de queimado vazasse para dentro da armadura de Gregor, mas não todo, e alguém menos acostumado ao cheiro de lama acre poderia ter se engasgado com o que vazava. Ainda assim, Felix não recuou e ele não tinha filtro, nem viseira.

Gregor não podia mostrar fraqueza.

Então Felix falou, e eles ouviram enquanto a criatura de Dynas revelava seus segredos.

VINTE E NOVE

TEMPOS DESESPERADOS

Ela havia sofrido quatro acidentes. Os três primeiros tinham sido menores, o tipo de acidente que qualquer piloto estava fadado a enfrentar. Karts, lanchas, o que fosse, todos tinham mil peças e se muitas delas falhassem quando Eponi forçava a nave através de uma curva fechada nas enormes trepadeiras ondulantes de Kantos, ou mergulhava sob uma chuva de pedras dos gêiseres rochosos de Ferra, ela acabaria se espatifando contra uma parede e dependendo de sua bolha para sobreviver. Uma esfera quase impenetrável ao redor da cabine do kart e da casa do piloto da lancha de corrida, as bolhas eram ótimas para manter os pilotos vivos. Eponi adoraria ter uma agora, exceto que os Thissalids, que detinham o segredo da fabricação da bolha, só as forneciam aos pilotos devido à obsessão predominante da espécie pelo esporte.

Por outro lado, Eponi não podia odiar os Thissalids. Sem eles, as corridas espaciais não existiriam como existiam. Muitas mortes, poucos dispostos a arriscar vidas longas por tão pouco dinheiro. Mas torne o piloto quase invencível e, de repente, você tem caçadores de emoções ansiosos para correr pela galáxia.

Eponi não tinha uma bolha quando a lancha caiu em Dynas. Ela tinha Sai, e embora a armadura dele tenha feito um trabalho admirável mantendo Eponi viva durante os segundos iniciais quando, com os olhos fechados e a cabeça enterrada entre os membros de Sai, Eponi sentiu o calor rugindo, cheirou os fios queimando e ouviu o que parecia mil instrumentos quebrando de uma só vez, Eponi teria preferido muito mais a rede de invulnerabilidade prateada.

Especialmente quando o segundo impacto, quando a lancha atravessou o corredor, lançou os dois para longe, com a massa muito mais pesada de Sai sendo arremessada para longe dela. Eponi ricocheteou na parede que se quebrava, logo à esquerda de onde a lancha tinha feito sua abertura e através da qual continuava a deslizar. Ela caiu no chão, rolando com o impulso e sentindo cada momento em que tocava, bem, qualquer coisa.

Corpos humanos, descobriu-se, não foram feitos para ricochetear.

A clareza veio em breves baforadas enquanto Eponi estava deitada no chão. Faíscas chuviscavam ao seu redor, proporcionando pequenas explosões ardentes para distraí-la dos arranhões e cortes mais sérios. Sua cabeça doía onde algo, talvez metal dentado, tinha prendido seu cabelo e o cortado, deixando um trecho calvo no lado direito de sua cabeça. Sangue, que parecia preto antes de Eponi perceber que estava coletando cinzas e sujeira no caminho pelo seu rosto, pingava no chão ao seu redor.

Eponi pensou que bater a lancha seria sua única chance de sobrevivência, mas ela poderia ter matado os dois de qualquer maneira. Pelo menos Sai poderia sobreviver em sua armadura. Eponi? Eponi estava frita.

Até que os sprinklers se ativaram, junto com um pó grosso destinado a apagar incêndios elétricos. A espuma caía de cima, espalhando-se sobre ela e os destroços atrás. Lavou seu sangue, limpou os rasgos em seu traje e, com o frio intenso da água, impediu Eponi de se quebrar. Ela estava à beira de um precipício, e de um lado estavam todos os problemas, as escolhas terríveis e os momentos de azar que a trouxeram até este ponto, e do outro... do outro estava o movimento. Ela poderia seguir em frente e esperar que as coisas melhorassem. Confiar em suas habilidades, em seu corpo para não desmoronar completamente.

Aurora estaria gritando com ela para se levantar agora. Diria que Eponi estava perdendo seu momento, deitada ali na poça crescente. Diria que Eponi estava prejudicando a equipe ao ficar parada.

Ela corria por si mesma, mas, cada vez mais à medida que Eponi melhorava, pela sua equipe. Os patrocinadores e a equipe que montava seus karts antes de cada corrida, que a mantinha pontual e dentro do cronograma saltando pela galáxia. Ela se levantara após os acidentes, as derrotas, e continuara.

Sever precisava dela. E o que era esse acidente, afinal? Um corte ou dois? Cabelo que cresceria de novo? Ela já tivera piores. Provavelmente teria piores em Dynas, dado o quão terrível esse lugar parecia ser.

— Não vou morrer aqui — Eponi disse as palavras sem realmente querer, mas elas funcionaram.

Na chuva dos sprinklers, ela se levantou. Olhou para trás em direção à lancha enquanto esta deslizava através do buraco e para a outra sala, desaparecendo. Ela teria gritado por Sai, exceto que os moradores da torre haviam começado a responder. Chamados por ajuda, por equipes de bombeiros saíam pelos alto-falantes da torre, ou pelo menos deste andar. A ajuda estaria chegando, e Eponi não queria estar ali quando eles chegassem.

Ela andou, mancando já que sua perna esquerda não parecia muito disposta, para longe do acidente. O corredor, além dos sprinklers e da espuma, prestava homenagem às comprovadas sensibilidades de design de corporações interplanetárias estéreis: Paredes suaves feitas para parecer metálicas, com poucas imagens, mas muitas placas e monitores mostrando este e aquele relatório de status. Apesar de viverem em uma era onde a informação poderia estar na ponta dos dedos de qualquer um, a tendência geral parecia ser colocar dados em todos os outros lugares também. Em vez de arte, por que não ter algo útil, como um calendário de eventos ou a última atualização da política de férias?

Eponi, no entanto, encontrou uma placa útil em meio à bagunça: banheiro.

Percorrendo o circuito de corridas, Eponi havia estabelecido uma constante universal ao cruzar entre mundos: os banheiros sempre mudavam. Às vezes, dependendo da espécie que controlava o local, os banheiros nem sequer existiam e os humanos tinham que usar variedades portáteis que ofereciam praticidade à custa do conforto. Aqui, em Dynas, Eponi tinha expectativas mistas. Por um lado, Dynas ficava tão longe do cinturão populoso, com tão pouco tráfego de naves, que ter esperança de um lavabo luxuoso parecia ingênuo. Por outro, a torre onde haviam pousado claramente teve muito dinheiro investido. Recursos tecnológicos como um hangar completo e sistemas de extinção de incêndio múltiplos indicavam um cuidado no design. Dada sua condição atual, Eponi queria, exigia, sonhava com algo melhor do que um buraco no chão.

O que ela encontrou ao passar pela porta de tamanho humano — um indicador, assim como os guardas, de que

quem quer que financiasse este lugar não era fã de alienígenas — foi algo completamente diferente.

As características de um banheiro padrão galáctico
estavam lá: cabines, estações antibacterianas e lavagens de
limpeza ativadas pelo olhar. Junto a elas, porém, havia
acúmulos de mofo verde-escuro nas paredes, enquanto
seções do piso pareciam ter sido pisadas por pés cobertos de
cinzas. O lado esquerdo do balcão, destinado a ajustes
cosméticos, havia se partido, com franjas branco-gelo
cobrindo a borda esfacelada. Uma luz amarelada fluía de
diodos compridos no teto, e alguém havia colocado nós difu-
sores de aroma nos cantos que emitiam um forte cheiro de
lavanda.

— Que diabos? — murmurou Eponi ao entrar, inclinando-se para confirmar que ninguém estava dentro das
duas cabines.

Dynas, cara. Que mundo.

Eponi foi primeiro aos limpadores e começou a limpar e
lavar seus cortes, a sujeira e a imundície. A água, pelo
menos, saía clara e fresca. Era agradável entre as picadas
enquanto ela passava o gel antibacteriano. Quando terminou, Eponi ainda parecia abatida — seu uniforme rasgado e
as linhas vermelhas cruzando sua pele não a favoreciam —
mas agora a dor não era amplificada pela confusa e suja
consequência do acidente.

E agora, o que fazer com o resto do lugar? O que estava
crescendo ali? O que havia rachado o balcão e enegrecido os
azulejos do chão?

Ou quem construiu este lugar tinha algumas sensibilidades de design estranhas, ou algo estava errado em Dynas.

Um problema maior do que esse mistério, no entanto,
estava no que a própria Eponi iria fazer. Com um uniforme
rasgado e não pertencente a Dynas, Eponi não chegaria

muito longe sem ser notada, presa e, provavelmente, dada a adorável recepção que Sever havia recebido desde que entrou no espaço aéreo de Dynas, baleada. Furtividade seria a melhor maneira de jogar essa. Conseguir alguma cobertura, ver o que aconteceu com Sai e tentar descobrir como voltar para fora do mundo.

Se Aurora e o resto deles encontrassem o VIP, talvez Eponi pudesse pegá-los no caminho de saída. Se não encontrassem, bem, Eponi ainda escaparia. Sairia viva. A missão claramente tinha dado errado, e nada nas diretrizes da DefenseCorp exigia devoção suicida à causa. Talvez a DefenseCorp até recompensasse Eponi por voltar com inteligência, enviando um exército da próxima vez para fazer o trabalho.

Eponi entrou em uma das cabines, fechou a porta frouxamente e então subiu no vaso sanitário. As barras de apoio deram a Eponi algo para se segurar, ajustar sua posição para manter suas pernas descansadas enquanto esperava. Como armadilhas, esta não era a mais original, mas os membros da Sever tinham que aprender rápido a trabalhar com o que tinham.

— Eu sei que está sob controle — a mulher, parecendo fria, falou ao passar pela porta do lavabo alguns minutos depois — Eponi não se preocupou em contar o tempo, o crescimento constante de sua exaustão serviu bem o suficiente. — Mantenha todo este andar fechado até que tenhamos liberado. Eu sairei em um minuto.

Embora Eponi não pudesse vê-la, a mulher fez exatamente o que Eponi havia feito — foi até os limpadores. Ligou a água. Eponi ainda segurava a respiração, mudou a posição dos pés. Ela saltaria, bateria a cabeça da mulher contra o balcão e então pegaria, esperançosamente, o uniforme. Ela esperava que a mulher tivesse seu tamanho, ou algo próximo disso, ou as coisas ainda ficariam estranhas.

Então a mulher começou a chorar. As lágrimas suaves que a própria Eponi conhecia daqueles momentos em que as coisas pareciam tão absurdamente erradas que ela se perguntava como chegou ali, quando a vida precisava de um reinício.

Um choro privado poderia fazer isso. Um impulso para o momento.

E uma boa cobertura para uma saída rápida do lavabo.

Eponi passou pela porta, sua mão alcançando a garganta da mulher antes de parar.

Não pôde evitar. Não conseguia desviar os olhos.

A mulher, que não parecia muito mais velha que a própria Eponi, que era preocupantemente magra, agarrava o balcão com ambas as mãos. Um uniforme roxo pendia frouxo em seu corpo, mergulhando em botas pretas proje-tadas para agarrar terrenos difíceis — estranho em uma torre tecnológica como esta — mas nada disso prendia o foco de Eponi como a metade direita do cabelo da mulher. Azul-branco, como a borda congelada de uma flor, o cabelo se enrolava, fixo, enquanto a metade esquerda era castanha e lisa. A pele da mulher contradisse o que poderia ter sido uma escolha de moda única, com o mesmo azul-branco cortando manchas.

Uma doença, talvez? De qualquer forma, Eponi congelou diante da visão estranha, e a mulher a notou no espelho.

— Você não está tocada — disse a mulher, sem se virar do balcão, seus olhos seguindo os de Eponi no espelho, se arregalando ao perceberem os evidentes ferimentos de Eponi. — Espere.

— Eu te matarei se você gritar — disse Eponi rapidamente, voltando ao momento. Doente ou não, Eponi não podia deixar a mulher chamar ajuda. — Preciso do seu uniforme. Com ou sem te machucar no processo.

A mulher, com a água de limpeza continuando a correr sobre suas mãos, respirou fundo. — Claro que a pessoa lutando lá embaixo não seria a única na nave. De onde você veio?

Ela parecia calma demais. Não respeitava a ameaça de Eponi. Hora de mudar isso.

— Última chance — disse Eponi, carregando o máximo de ameaça em sua voz que podia. — Uniforme, agora.

Desta vez a mulher se virou. Começou a desfazer a série de botões que mantinham o uniforme junto. — Você é de algum lugar de Dynas? Eles mantiveram alguns de vocês escondidos?

— Escondidos? — Eponi não resistiu, e a mulher parecia estar seguindo suas instruções de qualquer maneira.

A mulher franziu os olhos enquanto tirava a parte de cima do uniforme. A roupa de baixo deu a Eponi mais perguntas. Malha de alta qualidade, com reguladores térmicos e monitores vitais entrelaçados, roupas como esta eram destinadas a colonos avançando para novos mundos ou indo viver em ambientes hostis. Dynas, com seu suprimento abundante de oxigênio e gravidade dentro da faixa normal, não justificaria esse tipo de equipamento.

— Você não é de fora do mundo, é? — perguntou a mulher. — Você não poderia ser.

Eponi ignorou isso, concentrando-se em vez disso em uma palavra anterior.

— Você disse tocada há um minuto. O que quis dizer? É isso que está acontecendo com o seu... corpo?

— Tão inocente — disse a mulher, saindo da parte de baixo do uniforme, que tinha a multiplicidade de bolsos que alguém trabalhando em manutenção poderia precisar. Eponi notou que a mulher não removeu nenhuma das etiquetas de identificação presas ao tecido. — Isso vai te encontrar em breve, tenho certeza. Agora passa para todos. A única questão é qual você será.

A mulher cruzou os braços, esperando Eponi vestir o uniforme.

— Não entendo — disse Eponi. — Do que você está falando?

— Tenha cuidado — respondeu a mulher com uma risada rápida. — Quando Anaskya te encontrar, você vai ficar parecida comigo.

— Anaskya?

— É isso que o desespero faz — disse a mulher, levando a mão ao cabelo. — Ela está infectando quem ela quer agora. Não sei por que estou te contando isso, exceto que, suponho, não importa. Você vai morrer, assim como o resto de nós.

— Anotado — Eponi atacou rapidamente com a mão direita, um golpe na têmpora da mulher que a fez cair no chão.

Eponi pegou a mulher com a mão esquerda no último segundo, baixando o corpo inconsciente suavemente para os azulejos e, no processo, sujando bastante a mão esquerda com uma gosma azul-esbranquiçada. Eponi praguejou, lavou as mãos na água purificadora e então vestiu o uniforme. Um pouco grande para ela, mas passaria numa inspeção superficial. Muitas ferramentas dentro também, caso Eponi sentisse necessidade de fazer algo mecânico. Com suas armas perdidas no acidente, pelo menos ela tinha um microlaser agora. Poderia dar uma bela queimadura em alguém se a atacassem.

Fora do banheiro, Eponi pressionou-se de volta através das pessoas, soldados, engenheiros, quem quer que estivesse se amontoando em direção ao acidente. Depois da mulher, Eponi começou a notar manchas e descolorações aqui e ali. Em vários graus, muitos pareciam infectados. Ótimo. Então, não só ela estava sozinha, isolada sem nenhum contato de rádio com seu esquadrão, Eponi estava no meio de um enclave infestado de doenças. Ela enfiou as mãos nos bolsos e tentou não tocar em ninguém, um exercício que falhou continuamente enquanto se pressionava pelos corredores até chegar ao saguão central do andar. O objetivo número um era encontrar algum tipo de máscara respiratória, o objetivo dois era sair desta torre, e o objetivo três? Sair deste mundo por qualquer meio necessário.

Uma sala circular espaçosa com vários elevadores diferentes e uma gigantesca obra de arte no teto exibindo o que parecia ser uma versão em aquarela de uma célula bacteriana, a sala espaçava as outras artes - todas representações celulares - em suas paredes com monitores exibindo alertas, ordens e, em um caso, uma transmissão de vídeo ao vivo mostrando alguém que Eponi conhecia. Sai. Ainda em sua armadura, o demolicionista balançava sua lâmina em golpes rápidos, cortando coisas que pareciam humanos, mas ao mesmo tempo definitivamente não eram. Olhando para a tela por trás de uma multidão de outras pessoas, Eponi não conseguia distinguir exatamente o que eram as coisas, mas parecia que um monte delas estava cambaleando em direção a Sai agora.

— O que está acontecendo? — Eponi arriscou perguntar à pessoa na sua frente, um homem mais baixo cujo pescoço estava todo preto e verde, borbulhando um pouco na nuca.

— Aquele cara caiu com o esquife, direto no bloco de testes — respondeu o homem sem se virar. — Parece que vamos deixar ele desperdiçar todos os fracassos antes de limparmos a sala. Resolve o problema para aqueles que não queriam apertar o botão eles mesmos, eu acho.

Eponi começou a perguntar o que significava limpar a sala, mas se conteve. Muitas pessoas por aqui, e uma delas poderia se perguntar por que Eponi não sabia de algo que deveria saber. Então, em vez disso, ela se afastou da multidão e olhou para os elevadores. Se Sai tinha caído um andar, talvez Eponi pudesse chegar até ele, deixá-lo sair. Claro, isso significaria se arriscar, arriscando o objetivo número um.

Esquadrão Sever, sempre complicando sua vida.

TRINTA

SONHOS DE JANTAR EM FAMÍLIA

Rovo esperou até que toda sua família se sentasse à mesa, uma peça antiga de carvalho que seus pais insistiam em manter, apesar da existência de novos modelos que poderiam manter a mesma aparência com muito menos manutenção. Seu pai colocou pratos repletos de macarrão em cada um dos cinco lugares, e sua mãe abriu o vinho espumante com aquele satisfatório estalo vindo do minúsculo alto-falante embutido no lacre da garrafa. Um cenário perfeito: toda a família reunida para o jantar, Rovo em sua única visita planetária do ano. Até o tempo indiferente de Tau decidiu cooperar, deixando um céu prateado com os anéis do planeta fazendo um risco branco e difuso através do centro, visível pelo teto de vidro da varanda. Todos vestiam roupas de verão, aproveitavam o ar seco e sorriam enquanto Rovo se preparava para dar a notícia de que nunca mais os veria.

A DefenseCorp tinha um roteiro para isso, um que havia sido refinado ao longo de muitas décadas repletas de filhos contando aos pais, esposas contando aos maridos, ou organismos multicelulares explicando às suas mentes coletivas por que eles iriam embora em breve. Por que seriam enviados para pontos da galáxia onde a comunicação ocorreria ao longo de anos, em vez de segundos. Por que os relacionamentos seriam colocados em pausa, possivelmente para sempre, em nome da aventura, em nome de nobres empreitadas, em nome da paz e da prosperidade.

Rovo leu palavra por palavra - o contrato da DefenseCorp exigia isso, e Rovo teve que gravar tudo para que o roteiro e sua reação pudessem ser estudados e refinados ainda mais - e no final, quando concluiu com a frase pregando algum ideal superior, seu pai balançou a cabeça e sua mãe começou a rir daquela maneira cruel que ela tinha sempre que um de seus filhos, em sua opinião, estava cometendo um terrível erro. Suas irmãs, uma das quais continuou comendo durante todo o discurso, reagiram com indiferença. Rovo não podia ficar muito chocado com isso. Como o mais velho, ele havia desaparecido para sua missão na estação espacial da DefenseCorp sobre Tau anos atrás e perdeu muito das vidas delas.

Para elas, Rovo provavelmente já era uma figura fantasmagórica. Alguém que aparecia uma vez por ano, que não dizia nada sobre seu trabalho - quase toda comunicação que Rovo lidava tinha selos de segurança - e não tinha mais nenhuma conexão com a cidade deles, com o planeta deles.

— Então você vai morrer em algum lugar distante, nunca mais nos ver, para quê? — seu pai disse, finalmente.

— Porque eu não aguento mais isso — Rovo disse, desligando o gravador da DefenseCorp que havia colocado na mesa antes do discurso. — Não posso ficar naquela estação lendo mensagens o dia todo, todos os dias, até morrer daqui a alguns séculos.

— Ah sim, coitadinho de você — sua mãe disse. Rovo admirava a forma como seus pais podiam facilmente se revezar em suas repreensões, cada um martelando suas próprias estacas. — Que trabalho terrível você tem, com segurança, aluguel gratuito lá em cima. A maioria de nós em Tau tem que lutar para impedir que os robôs tomem nossos lugares, mas você é bom demais para isso.

— Sim, mãe, eu sou bom demais para isso — Rovo já havia decidido por essa abordagem. Defender sua vida, seus desejos. — A DefenseCorp me aprovou para isso, e eu vou aceitar a oferta.

— Então você está trocando sua família por dinheiro — seu pai disse.

— Estou vivendo minha vida.

Além de suas irmãs, ninguém havia tocado na refeição impecável ainda. Todos olhavam para ela, em silêncio.

Então uma mancha verde-escura, quase preta, caiu no prato de Rovo, bem no centro. O molho espirrou. Rovo piscou. De onde tinha vindo aquilo? Ele olhou para cima, mas seus pais não haviam notado. Suas irmãs continuavam comendo, enfiando garfadas de espaguete em suas bocas como se estivessem famintas. Seus pais olhavam, com olhos vazios, para seus próprios pratos.

— Mãe? — Rovo perguntou enquanto outro bolo mofado caía de cima e espirrava no meio da mesa.

Ela não respondeu, e Rovo olhou para cima, em direção ao teto de vidro e aquele céu lindo. Mofo borbulhante cobria o vidro agora. Tentáculos cresciam em sua direção, alcançando e parecendo tornados vivos enquanto espiralizavam. Rovo tentou se levantar, se afastar da mesa, mas não conseguiu. Sentiu uma lama fria em seus pés, seus braços, prendendo-o à cadeira. Rovo olhou de volta para seus pais, tentou abrir a boca para pedir ajuda, mas o mofo já havia encontrado seu caminho ali também, rastejando sobre seu rosto, dentro de sua boca. O bolor negro caiu sobre seus pais, cobrindo-os.

Suas irmãs continuavam comendo, mesmo quando o mofo tomou conta de seus corpos, enquanto cobria os olhos de Rovo e o bania para a escuridão.

Os olhos de Rovo se abriram de repente e ele viu sangue, sentiu seu gosto. Acima dele, através de sua viseira manchada de vermelho, havia luzes industriais, não um céu coberto de mofo. Embora essas luzes parecessem realmente nebulosas. Fumaça. Fumaça densa. Mas quando Rovo respirou, não inalou nada dela. Seu coração batia, e embora sentisse o gosto do filete de sangue entrando em sua boca, Rovo podia abri-la. Podia mover seus braços e pernas.

— De volta conosco? — Aurora perguntou, seu rosto entrando em vista. — Primeira vez levando um choque?

Rovo conseguiu fazer um aceno fraco com a cabeça, um movimento débil, mas tudo o que podia fazer.

— Gregor te tirou daquele buraco — Aurora continuou. — Está pegando fogo agora, e eu vou precisar que você se mexa para não queimarmos.

— Tá, eu tô... ahn... tô me levantando — Rovo disse, mas Aurora já havia se afastado.

O novato se levantou até ficar sentado, tentando compreender o que Aurora acabara de lhe dizer, e se viu cara a cara com a criatura encurvada, de olhos gelados e coberta de lodo que havia guiado Rovo até ali. A tecnologia de choque era projetada para tirar alguém de sua própria inconsciência antes que acordasse naturalmente. Era algo intenso e nada saudável. O fato de Rovo ter que experimentá-la se devia a este sujeito bem aqui. Rovo tentou pegar sua pistola, mas encontrou apenas um coldre vazio.

Então, braços fortes ergueram Rovo até que ele ficasse de pé, olhando para Felix.

— Eu disse para se mexer — falou Aurora atrás de Rovo. — Gregor já está saindo para garantir que o corredor esteja limpo.

— Mas essa coisa, ele me guiou para dentro... ele me empurrou!

— Novato, quando eu te dou uma ordem, espero que você obedeça. — Aurora apontou para Rovo sair pela porta, para longe da fumaça. — Vá.

Rovo lançou um último olhar fulminante para o homem-fungo, mas saiu. Aurora parecia uma líder que toleraria uma pergunta ou duas, mas quando chegava a hora de agir, outras opiniões não eram uma opção. Em vez disso, Rovo foi atrás de Gregor, desarmado e com sua armadura rangendo a cada passo. Ele tentou escovar os restos de mofo e se perguntou se tinha tomado a decisão certa, ou se isso o mataria, exatamente como seu pai previra.

Aquele sonho. Tinha sido tão próximo da realidade. Tão próximo. Se ele morresse, seria para lá que iria?

Rovo viu Gregor não muito à frente, na intersecção dos três corredores. Perguntou-se se Gregor alguma vez pensava sobre o que aconteceria quando morresse. Talvez ele fosse para alguma terra de fantasia onde pudesse balançar aquele martelo o dia todo.

Enquanto Rovo assistiria o mofo devorar sua família repetidamente.

O PLANO MESTRE

Aurora arrastou Felix consigo ao deixar a grande sala em chamas. Fechou a porta. Ou a base encontraria um jeito de apagar o fogo, ou não. Não era problema de Aurora, mas certamente era um problema para Felix.

O homem fungóide não resistiu enquanto Aurora o arrastava, sua mão esquerda puxando sua massa mole pelo chão do corredor. Embora tivesse sido um tagarela antes, Felix agora permanecia em silêncio, tendo revelado seus segredos e se colocado firmemente à mercê de Sever. Uma capitulação que Aurora teria encarado com impiedoso desprezo, exceto pelo fato de que já tinha demonstrado tanto desprezo por Felix que acrescentar mais parecia um desperdício.

Exploração. A palavra resumia bem tanto Felix quanto Dynas. Um mundo pantanoso descartado tornado fácil, através de sua vida aquática, de transformar com despejos massivos de sementes e longe o suficiente do tráfego galáctico para fazê-lo com interferência mínima.

Quem se importaria o suficiente para pagar por um novo mundo tão longe? Felix não sabia, mas quem quer que fosse não tinha desejo por Dynas em si. Eles queriam todos os outros mundos, aqueles deixados para trás porque suas atmosferas não eram boas o suficiente, suas biosferas eram hostis demais, ou alguma outra razão que virava a equação de lucro/perda de cabeça para baixo e os deixava destituídos de colonização corporativa.

Terraformar planetas custava dinheiro, levava a maior parte dos poucos séculos de uma vida para fazer. Transformar uma pessoa... Aurora tinha que imaginar que isso poderia ser feito muito mais rápido. Você teria muitos acidentes no caminho, mas se quisesse explorar recursos em décadas em vez de séculos, adaptar as pessoas ao planeta. Dynas se tornou a incubadora. Felix e quase todos os outros aqui, os sujeitos de teste. Provas de conceito.

Criar uma cidade central em Dynas para os testes iniciais, depois enviar os sujeitos viáveis para postos de controle onde pudessem ser monitorados. Aperfeiçoados e controlados. Então, uma vez que você tivesse um espécime viável que mantivesse toda a sua inteligência humana, mas com os atributos físicos para sobreviver em um novo planeta, você faria mais. Fabricá-los, na verdade. Traficar os desesperados, atraí-los de suas casas com mentiras e ofertas, e abandoná-los às experiências. O lucro potencial de um único sucesso tornava todo o investimento fácil de justificar, terrível de reconhecer.

— Por que você é diferente dos outros? — disse Aurora enquanto arrastava Felix. A única lacuna na história de Felix vinha de sua própria parte nela, como ele tinha conseguido tanta influência sobre a base quando era, por sua própria admissão, um desses experimentos. — Se é que você pode chamá-los assim.

— Sorte — murmurou Felix, molhado e desajeitado. — Loteria genética. Não sei. Para o nosso grupo, eles nos trouxeram para cá se vivêssemos mais de um mês após a primeira infecção. Para que não fôssemos contaminados por mais nada.

Mais à frente, na tripla interseção com os corredores, Gregor e Rovo montavam guarda. Quando Aurora se aproximou, ela fez sinal para que continuassem. Batedores contra quem quer que pudesse ter ficado aqui. As coisas tinham ficado quietas desde que eles tinham subido para pegar Felix, e Aurora se perguntava se Sai e Eponi tinham matado ou atraído todos os outros guardas para longe. O fato de que nenhum membro da Sever tinha aparecido ainda a incomodava, mas sem nenhum corpo, ela assumiria que estavam vivos.

— Uma vez aqui, você ficava em uma daquelas salas lá embaixo ou em uma cela menor enquanto eles te observavam. O tempo todo cutucando, sondando, medindo — balbuciou Felix. Ele tinha começado a se mover por conta própria agora, mas tão devagar que Aurora ainda o arrastava. — Quando isso te pega, e pega quase todo mundo, eventualmente, não sei se posso descrever.

— Parece horrível.

— Sim. Mas se sente diferente. Como crescer, talvez. Onde você sente coisas novas, mas ainda é você mesmo?

— Você não está me convencendo de que o que você passou é uma puberdade 2.0.

— Não, mas não estamos mortos. O que você queimou lá dentro, eram meus amigos. Pessoas que tinham vindo para cá comigo, sofrido comigo, esperado comigo.

Aurora parou. Empurrou Felix de volta contra a parede do corredor, colocou a mão direita na pistola, mas não a sacou. — Você arrastou Rovo para aquela sala. Você armou uma armadilha para Gregor e para mim. Tudo isso é culpa sua. Então pare de choramingar e continue falando. Talvez você encontre uma razão para deixarmos você viver.

Dinheiro em grandes quantidades seria suficiente, e se Felix estivesse certo sobre uma operação desse tamanho, a DefenseCorp pagaria à Sever toneladas de dinheiro pelos contratos que a DefenseCorp conseguiria para limpar a bagunça. Mas Felix não precisava saber disso, e se ele tivesse mais joias para revelar, Aurora queria ouvi-las.

— Esse é o problema que eles têm — disse Felix, com Aurora ainda o segurando contra a parede, embora o homem fungóide não parecesse assustado. — Eles nos mudam através de um vírus, mas o vírus quer se espalhar. Quer continuar crescendo. Meu corpo, por acaso, o mantém sob controle, a maioria não consegue. Se não podem, o vírus os come, a menos que possa encontrar novos hospedeiros para se espalhar.

— Ele os comeria de qualquer jeito — Aurora tinha visto armas biológicas suficientes para saber que elas não seguiam regras simples. — Alimentar aquelas coisas com a gente não iria pará-lo.

— O que podemos fazer além de adiar o fim?

Aurora revirou os olhos, deixou Felix cair no chão. — Adivinha só, Felix? Seu fim chegou.

Um vírus destinado a fazer as pessoas sobreviverem a condições adversas, mas que na verdade as transformava em bombas de doenças moribundas. Aurora poderia vender essa ideia para a DefenseCorp, e ela tinha tirado fotos suficientes com a câmera embutida em seu capacete para prová-lo. Não havia razão para deixar Felix e seu bio-enxame sobreviverem, possivelmente infectando outra pessoa. Não era o que a DefenseCorp os pagava para fazer, mas um ocasional ato de caridade para com o universo ajudava Aurora a dormir à noite.

— Devo protestar? — disse Felix, permanecendo onde Aurora o deixou, flácido e apático. — Não posso te vencer. Tentei, falhei. Então você tem todo o direito de me matar.

— Tenho — Aurora, no entanto, não atirou. Ela ficou atenta a Gregor e Rovo enquanto eles vasculhavam em direção ao elevador, declarando-o seguro. Algo na voz de Felix, sua atitude geral, confundia sua raiva. — Tenho todos os motivos, toda obrigação moral de explodir esta base até virar pó.

— Uma base entre muitas. Você tem o tempo, vai viver o suficiente para limpar nossa mancha?

— Tenho que começar de algum lugar.

— Então talvez você não comece comigo. Com este lugar. — Felix abriu seus braços amorfos. — Eu quase consegui. Três guardas já tinham caído antes de você chegar. Me dê isso, meu pequeno santuário no pântano, e eu lhe darei os códigos para os sistemas deles. Você pode ir, encontrar seus amigos e me deixar com os meus.

— Nossos amigos? Você estava mentindo?

— Só um pouco. Os outros dois que vieram com você embarcaram num esquife há algum tempo. Não sei para onde foram, mas não estão aqui.

Aurora ponderou. Confiar em Felix parecia uma escolha ruim, considerando que ele tinha tentado matá-los. Mas sua história tinha plausibilidade, e Felix devia saber que teria um fim rápido se tentasse enganá-los novamente. Se deixassem Felix vivo, Aurora sempre poderia voltar mais tarde com uma recompensa da DefenseCorp em mãos, cumprir sua promessa anterior e transformar Felix em escória por um lucro saudável.

O universo podia esperar.

— Estamos ficando para trás — disse Aurora. — Fale

enquanto andamos, Felix, e se sua informação for boa, você
e sua doença talvez possam viver no final das contas.

TRINTA E DOIS

O MESTRE DA ESPADA

As lições começaram na ampla varanda, antes da queda. Ayami levava Sai para lá todas as manhãs quando ele era mais novo, então seus anos de adolescência o afastaram de sua mãe até aquela manhã, quando correu a notícia de que as coisas não estavam indo muito bem para Vitas, o mundo-cidade que chamavam de lar. Tumultos e anarquia cresciam à medida que aqueles com meios fugiam do planeta e os sem recursos o incendiavam. Ayami e Sai, presos no meio, tinham que se virar sozinhos.

Ayami colocou a lâmina embainhada sobre uma pequena mesa de vidro, a arma longa o suficiente para se projetar sobre a borda da mesa e formar uma sombra contra o piso de pedra branca. O sol de hoje - por simplicidade, Sai aprendera, a maioria dos mundos humanos se referia às suas estrelas dadoras de vida como 'sóis', qualquer que fosse seu nome técnico - nascia no que teria sido uma bela manhã na cidade que abrangia o mundo, não fosse pela fumaça negra que se erguia entre as torres de Vitas.

— Isso é da muralha? — perguntou Sai.

A espada havia ficado pendurada ali durante toda a sua

vida, como uma coroa sobre uma prateleira empilhada que guardava relíquias de família, fotos não digitais e outros artefatos que mereciam algum destaque em sua pequena casa. Vê-la agora despertava curiosidade suficiente para matar a desconfiança geral de Sai em relação a qualquer coisa que sua mãe quisesse que ele fizesse nesses dias. Sempre tarefas, sempre se preparando para o futuro, como se Vitas fosse sobreviver a esta crise e continuar como antes. Como se Sai fosse seguir seus passos e se sentar na frente de um computador todos os dias para sempre.

— É sim — respondeu Ayami. — Embora nem sempre fique lá. Pegue-a.

Observando sua mãe, imaginando onde estava o truque, Sai ergueu a espada da mesa com ambas as mãos. Leve, mas com peso suficiente para parecer sólida. Sai segurou a bainha com as duas mãos, embalando-a como um presente.

— Segure a bainha com a mão esquerda, agarre-a aqui. — Ayami imitou o movimento, e Sai copiou seu gesto. — Agora desembainhe a lâmina. Devagar.

Sai obedeceu, sentindo o metal deslizar ao longo de uma bainha feita sob medida. Ele emperrou a lâmina duas vezes na primeira tentativa - katanas, descobriu, não eram maleáveis -, mas conseguiu liberá-la da bainha com um floreio. A lâmina prateada captou a luz do sol, e enquanto Sai olhava ao longo de seu comprimento afiado, pôde ler nomes, uma linha da ponta ao cabo, terminando com o de sua mãe.

— Você adicionará o seu próprio, quando estiver pronto — disse Ayami, observando o filho.

— Quando será isso?

— Daqui a muito tempo — respondeu Ayami. — Agora, deixe-me mostrar como segurá-la para que você não se machuque. Você pode ser tolo com seus estudos e se dar bem, mas não pode ser tolo com isso.

Sai não conseguia ler os nomes ao longo da lâmina na sala escura de tom púrpura, mas os conhecia de cor. A katana, agora, carregava múltiplas mortes de qualquer forma, seus restos cobrindo-a e a Sai também. O que havia sido um trio se transformara em uma dúzia, e mais continuavam surgindo dos elevadores no chão; plataformas que caíam e subiam trazendo mais inimigos delirantes e ávidos.

Enquanto o grupo inicial parecia tão perdido quanto zumbis de filmes antigos, os recém-chegados estavam mais lúcidos. Eles se mantinham afastados dos golpes de Sai, optando por quebrar galhos dos obstáculos e atirá-los, ou usar outros objetos como tacos improvisados. Eles também gritavam com ele, com trechos quase compreensíveis, mas a maioria se perdia em gorgolejos aquosos ou ofegos roucos. Eles podiam ter sido humanos uma vez, mas haviam se transformado em coisas decaídas.

Cada corte com a katana drenava a força de Sai ligeiramente, e seus braços ardiam enquanto ele separava uma cabeça negro-cinzenta de outra criatura que se aventurara muito perto. Seu capacete emitiu um aviso por trás, e Sai se agachou, inverteu o aperto para que a katana apontasse para trás e empurrou as mãos para trás, cravando a lâmina profundamente. Um puxão para frente a retirou, a katana prendendo no osso por uma fração de segundo.

Mais quatro, dois azuis e dois verdes, como Sai começara a chamá-los, convergiram pela frente. Além das criaturas, o buraco escancarado no teto da sala e seus inúmeros obstáculos permaneciam os mesmos. Nenhuma porta oferecia uma saída, nenhuma exigência de rendição viera dos donos da torre. Sai imaginou que alguém devia estar lançando essas hordas contra ele, mas quem? E por quê?

E isso continuaria até que Sai não pudesse mais erguer a espada?

Ele não gostava dessa ideia, então quando os quatro mais próximos se aproximaram, Sai balançou a lâmina sobre o ombro e a deslizou para a mesma bainha que sua mãe havia colocado sobre a mesa todos aqueles anos atrás, agora parafusada em sua armadura. Sai desviou para a direita, usando uma árvore delgada para ganhar alguma separação enquanto pisava forte sobre os azulejos púrpura-negros. Sua perseguição mudou para segui-lo, girando com passos instáveis. Cliques e badaladas soaram quando mais elevadores chegaram, trazendo ainda mais monstros. Sai poderia ter esperado que a torre tivesse um suprimento ilimitado de robôs, mas pessoas?

Enquanto Sai corria em direção à parede direita, ele alcançou o peito e desafivelou uma mina, deixando apenas duas restantes. Ele lançou a mina atrás de si, em direção às criaturas, e mergulhou para frente, enrolando-se em uma bola. Geralmente, Sai adorava explosões. Gostava da onda de choque que vinha de um dispositivo bem posicionado e da destruição gritante que se seguia. Nenhuma dessa alegria veio de estar bem ao lado da bomba quando ela explodiu.

A mina explodiu com força frenética, os azulejos conduzindo o impacto ondulante como fios vivos e sacudindo Sai contra o chão mesmo quando as ondas quentes cascateavam sobre sua armadura. Sai piscou para uma leitura de status, e sua armadura respondeu que as condições eram funcionais, embora seus propulsores das botas tivessem danos por estilhaços. Não era um ótimo resultado, mas agora, com sorte, Sai tinha uma saída.

Ele se endireitou, levantou-se e contou outras sete coisas rastejando em sua direção das extremidades mais distantes da sala. Sai também viu que sua mina, embora tivesse chamuscado uma grande faixa no chão, não conseguira escavar sequer uma colherada de azulejo para que Sai escapasse. O homem das demolições não conseguiria explodir seu caminho para fora dali.

Sai respirou fundo, conformou-se com o inevitável e desembainhou sua espada novamente. A katana de sua família, com ele até o fim. Poético, Sai supôs. Ele esperava que alguém filmasse esse último ato de resistência, transmitindo-o pela rede da galáxia para que sua família pudesse ver o que aconteceu com ele. Que ele havia lutado até o fim.

Uma luz brilhou à sua esquerda, ao longo da parede próxima. Intensa, o capacete de Sai e suas próprias pupilas levaram um segundo para se ajustar ao clarão, para registrar a figura parada na entrada como Eponi. Ainda sem sua armadura, embora vestindo roupas diferentes, ela estava viva. Ela acenou para ele. Ela gritou algo.

— O quê? — Sai gritou de volta, começando a ir em sua direção.

— Vamos! — disse Eponi. — Pare de ser lento!

Típico dela manter os insultos, mesmo agora. Sai começou a correr, ultrapassando os perseguidores com a facilidade de um adulto escapando de um enxame de crianças pequenas. As coisas só eram assustadoras se você não conseguisse fugir. Eponi se afastou quando Sai chegou à porta, quando ele correu para a próxima sala. Ao passar pela soleira, a porta bateu atrás dele, selando os inimigos do lado de fora.

E prendendo-o com muito mais.

Esperando na sala, com rifles erguidos, estavam pelo menos uma dúzia de guardas. Eles tinham Sai cercado, e quando ele se virou para a direita em direção a Eponi, começando a perguntar o que estava acontecendo, seu capacete disparou um alarme. Outra ameaça, à sua esquerda.

Sai nunca viu o que o atingiu.

TRINTA E TRÊS

GOLPEADOR DE COMETAS

Aurora perguntou a Gregor sobre o projeto depois que ele o executou todos os dias por um mês. Gregor não tinha construído um cenário complicado - ele carecia tanto da habilidade quanto da motivação para isso - mas sim uma série de corredores serpenteantes com corredores e portas que surgiam repentinamente para seus demônios usarem, para que aparecessem conforme Gregor avançava e pisoteava seu caminho. O programa construía a maior parte disso, na verdade, pegando os dados das imagens que Gregor fornecia, fotos e vídeos de sua casa. Os simuladores eram realmente bons em extrair os detalhes, modelando-os em um espaço virtual. Gregor podia vestir o traje de simulação e entrar em Snowball, e então destruí-la.

Foi esse último elemento, reduzindo gradualmente a casa de Gregor a escombros, que havia sido sinalizado e relatado para Aurora. Ela o sentou tarde da noite - um ciclo dia-noite programado existia por razões psicológicas na *Nautilus* - serviu uísque destilado na *Nautilus* em copos e perguntou a Gregor se ele tinha perdido o juízo.

— É uma coceira que eu queria coçar — disse Gregor,

engolindo a oferta de uma só vez. O uísque tinha gosto de ferro velho. — Deixe-me.

— A DefenseCorp não é muito fã de impulsos homicidas selvagens em relação à própria casa — respondeu Aurora. — Fica mal para os negócios se algo assim vazar. Os clientes podem pensar que a DefenseCorp está cheia de estopins como você, esperando para explodir.

— Você acha que sou um estopim?

Três missões juntos, três desde que Gregor se juntou a Sever. Todas tinham sido sangrentas, todas resultaram em destruições justificadas e injustificadas. Todas as três foram consideradas bem-sucedidas.

— Você ficou com o martelo — Aurora bebericou sua própria bebida, saboreando-a com a despreocupação de alguém que podia apreciar qualquer coisa, não importa quão terrível. — Por quê?

— É eficaz.

— Não porque você quer assassinar sua cidade natal com ele?

— Não posso voltar para lá — disse Gregor. Ele pegou o copo, encarou seu vazio, até Aurora tirar a garrafa de sua bolsa e enchê-lo novamente. — A DefenseCorp não vai me aceitar.

— Então você a destrói virtualmente.

— Terapia.

Aurora assentiu. — Então me faça um favor. Dê um tempo. Mantenha a destruição de Snowball para uma vez por semana, e eu manterei a burocracia longe de você.

Gregor deixou o novato tomar a liderança novamente enquanto varriam de volta para os elevadores. Deveria ter havido uma resistência pesada a essa altura, mas não encontraram nenhuma. Até mesmo os corpos deixados por encontros anteriores, como o conjunto que Aurora e Gregor esmagaram em seu retorno inicial pelo elevador, haviam desaparecido. Manchas permaneciam, mas nenhuma outra evidência. Em pé no meio do que deveria ter sido um local horrível, Rovo olhou para Gregor e abriu as mãos.

— Não sei — Gregor respondeu ao gesto. — Eles deveriam estar aqui.

Aurora e Felix se aproximaram por trás deles, tornando-se três mercenários blindados e um mutante doente. Não exatamente a composição que Gregor queria, mas seria suficiente.

— Eu não achei que eles realmente iriam embora — disse Felix, vendo as manchas.

— O que você quer dizer? — Gregor perguntou a ele.

— Eu fiz um acordo — respondeu Felix. — Disse a eles que devoraríamos todos vocês em troca de paz. Eles acham que vamos morrer aqui fora de qualquer maneira, então foram embora.

— Por que eles confiariam em você? — disse Aurora.

— Eu costumava ser um deles, lembra? — Felix foi até o elevador e apertou o botão de chamada. — Só porque pareço assim não significa que mudei minha forma de pensar.

Gregor observou Aurora, esperando pelo sinal. Ele poderia esmagar Felix agora mesmo, e não levaria mais do que um segundo de esforço. Sua comandante não deu o sinal. Ela esperou até que o elevador se abrisse e então Aurora ordenou que os dois entrassem nele.

— Você vai deixá-lo vivo? — Rovo perguntou enquanto Gregor entrava no elevador. — Como? Ele não é o inimigo?

— Siga as ordens — disse Gregor. Embora quisesse ouvir seu raciocínio, comandantes dignos como Aurora mereciam ter suas ordens obedecidas sem hesitação. O questionamento poderia vir depois, em particular. — Entre.

— Não — respondeu Rovo, enquanto Felix se virava

entre ele e Aurora. — Não até eu entender por que não estamos matando ele pelo que ele fez comigo. Pelo que ele tentou fazer com você.

— Porque ele vai morrer de qualquer jeito — disse Aurora. — Felix comprou algum tempo me dando os códigos do bonde. Sem eles, estaríamos presos aqui. A DefenseCorp não vai deixá-lo viver uma vez que contarmos a eles o que está acontecendo.

O novato encarou Felix. — Acho que é o que você merece.

— Novato. Agora. — Gregor bateu o martelo nas mãos para enfatizar, e Rovo entendeu a dica, entrando no elevador.

Aurora se juntou a eles e, com Felix dando um sorriso frio, as portas se fecharam.

— Como você sabe que ele não está mentindo para você? — Rovo perguntou enquanto o elevador começava sua descida.

— Pode ser — respondeu Aurora. — Se os códigos não funcionarem, voltamos e o esmagamos. Se funcionarem, então Felix paga seu preço mais tarde.

— Foco, novato — disse Gregor. — Vingança é uma distração.

Rovo ficou quieto depois disso. O elevador chegou ao porão e juntos os três foram em direção ao bonde. Embarcaram, e Aurora digitou os códigos no console próximo à frente do bonde. Gregor sentou-se onde teria a melhor visão enquanto o bonde voltava pela trilha. Uma boa chance de detectar desastres antes que acontecessem.

Quando o mag-lev começou a zumbir, Gregor pôde sentir a vibração. A tração se estabilizou logo em seguida e, conforme o bonde começou a se afastar, a sensação desapareceu completamente. Como se estivessem flutuando, o bonde os levou por um longo túnel que conduzia a sabe-se lá onde.

Os simuladores modelaram perfeitamente o quarto de Gregor. O espaço apertado servia apenas para dormir e pouco mais, e ele o dividia com seu irmão, que trabalhava no turno oposto. Gregor se levantou, saiu do quarto e entrou em uma residência padrão de Snowball. Um círculo, grande o suficiente para uma mesa central, um sofá de frente para a tela na parede e, oposto à tela, as máquinas exigidas pela empresa, prontas e dispostas a trocar salários por comida, bebida e drogas dessensibilizantes aprovadas pela companhia, que mantinham os residentes de Snowball sãos.

Gregor não viu sua mãe ou seu pai. A simulação podia criar corpos baseados em perfis, mas Gregor se recusava a inserir os dados de seus pais no programa. Esta era uma terapia específica, não uma lembrança agradável.

Ele deixou sua casa de infância pela porta arredondada, que se deslocou para seu encaixe à direita como uma roda lenta de aço branco. Além dela, a construção de retalhos de rocha e metal de Snowball misturava o cometa natural com reforços artificiais. O simulador nunca capturava exatamente o frio intenso do cometa, mas Gregor não se importava em não usar as roupas grossas necessárias sempre que se aventurava fora das seções aquecidas. A simulação, no entanto, fornecia essas roupas a todos que Gregor via, as pessoas que agora saíam para cumprimentá-lo.

Gregor não era programador e não se dava ao trabalho de contar uma história complexa. Todas as pessoas ali usavam o mesmo traje com a marca da empresa, o mesmo logotipo da companhia costurado em seus peitos. Enquanto seus rostos variavam em um milhão de possibilidades, todos tinham expressões zangadas, olhos semicerrados e punhos cerrados. Os residentes virtuais de Snowball queriam

Gregor morto, e o atacavam com abandono selvagem. Gregor retribuía da mesma forma, abrindo caminho violentamente pelos corredores de Snowball com seus punhos, seu martelo e, ocasionalmente, sua cabeça. Cada impacto parecia real, cada soldado da companhia derrubado ainda fazia seu coração acelerar um pouco.

O simulador permitia que Gregor vivesse um passado que ele desejava ter vivido, e Gregor se deleitava com isso.

No final, o programa começava a se desviar ainda mais da realidade. Gregor não tinha acesso às plantas de Snowball, não conhecia todas as salas, então conforme ele lutava cada vez mais dentro dos escritórios da empresa, as coisas se tornavam mais variáveis, mais estranhas. Apareciam salas grandes demais para existir nas cavernas de um cometa, assim como equipamentos para indústrias que Snowball nunca poderia sustentar, como criação de gado ou construção de naves estelares. O programa os escolhia aleatoriamente, e no início, Gregor sempre parava aqui, expulsando-se do programa. Desde então, ele decidiu considerar as estranhezas como mais uma evidência de que a empresa não sabia o que estava fazendo, que ela não era apenas ruim, mas também imbecil.

A sala final, com a interminável nebulosa rosa-azul-roxa do lado de fora da janela, continha uma pessoa. Um homem que não estava nem perto de ser tão alto na hierarquia da empresa, mas, mesmo assim, era aquele que havia forçado Gregor a sair de Snowball. Que havia arrancado Gregor de sua família por causa de uma briga de bar que deu errado. De todas as pessoas na simulação, Dawes era o único que Gregor havia construído. Impressões sobrepostas umas às outras para criar o imbecil presunçoso e terrível que Gregor podia obter satisfação infinita destruindo.

Eles se enfrentaram em uma sala clara, apenas com as

janelas para a nebulosa. Impraticável para a realidade, perfeito para a fantasia. Mil vezes Gregor havia destruído Dawes nesta sala, e desta vez não seria diferente. Dawes não tinha arma - o simulador às vezes lhe dava uma - então Gregor jogou seu martelo de lado para manter as coisas justas.

Gregor foi primeiro, avançando em direção ao sorriso presunçoso, pronto para derrubar Dawes com seu ombro largo. Dawes, no entanto, esquivou-se para o lado. Correu passando pelo avanço de Gregor de volta à entrada da sala, onde Gregor havia jogado o martelo. Dawes o pegou enquanto Gregor se virava, e enquanto Gregor tentava entender o que estava acontecendo - o simulador nunca jogava tão inteligentemente - Dawes correu em sua direção, martelo erguido. Gregor tentou se aproximar, por baixo do balanço de Dawes, mas o homem parecia saber o que Gregor faria e balançou o martelo em um movimento lateral, acertando Gregor nas costelas e o derrubando no chão. Antes que Gregor pudesse reagir, Dawes estava sobre ele, martelo pronto. Desta vez, Dawes não ajustou seu balanço.

— A vingança é uma distração — disse Aurora quando o simulador expulsou Gregor. Ela estava do lado de fora da máquina, parecendo ao mesmo tempo entediada e satisfeita. — Se você vai continuar rodando seu showzinho, vai ter que descobrir como vencê-lo.

Gregor conseguiu, e então na próxima vez Dawes bateu mais forte, se moveu mais rápido. Toda vez que Gregor vencia Dawes, a próxima versão seria mais difícil, e Gregor passaria mais tempo no simulador, estudando-o, até aprender. Dawes sempre estaria lá, pronto e esperando, mas Gregor escolheu dar-lhe vida. Escolheu obsessionar-se.

Em vez disso, ele deletou o programa. Sem mais Dawes. Sem mais distrações.

TRINTA E QUATRO

ACORDOS RUINS

Pilotos voavam com contratos. Acordos elaborados para dar-lhes alguma garantia de pagamento, algum seguro contra acidentes antes de enviarem seus corpos caindo pelas estrelas. No início, quando Eponi estava se arrastando pelos lamaçais no fundo, pilotando esquifes por bolsas nem perto do seu atual dinheiro da DefenseCorp, os contratos eram simples folhas únicas: algumas linhas declarando que o patrocinador não era responsável por danos causados à pessoa de Eponi ou qualquer outra coisa. Assine aqui, receba o dinheiro, siga em frente.

À medida que Eponi voava para ligas maiores e melhores, com eventos que atraíam mais do que os bêbados já presentes no bar da pista de corrida, os contratos se multiplicaram. Eles passaram a durar temporadas inteiras em vez de uma única corrida, prometiam equipamentos completos, equipes e transporte em troca das habilidades de Eponi e sua disposição de aparecer diante das câmeras o máximo possível. Construa a marca, diziam os contratos, e você será recompensada. Uma vez que ela fez isso, Eponi se viu sendo chamada ao chefe de sua empresa, uma sediada no sistema Sol. A Terra estava bem ali, visível no céu.

Não que Eponi tenha pisado nela. Ela nunca teve esse tipo de fama, esse tipo de grana.

Ainda assim, ela se sentou diante de alguém infinitamente mais poderoso e, numa escala galáctica, mais importante que ela e lutou por um acordo justo. Ela sabia negociar. Não que o contrato a tenha salvado, no final, mas por um tempo foi o suficiente.

Eponi havia encontrado seu caminho pelo nível, chegado perto da sala onde Sai estava ocupado atacando as criaturas, e encontrou a única entrada coberta de guardas. Todos eles usavam os trajes da cabeça aos pés que Eponi tinha visto em todos os guardas da Dynas, e tendo testemunhado as doenças passando por aqueles sem eles, Eponi imaginou que o tecido todo tinha menos a ver com ataques inimigos e mais com ataques do tipo bacteriano. Quanto ao porquê de alguns dos guardas lá na base estarem sem os trajes, como aquele que ela tinha chutado pela janela na entrada, Eponi não sabia dizer. Talvez eles já estivessem infectados, talvez simplesmente não se importassem. Talvez a doença não chegasse tão longe.

De qualquer forma, o caminho simples para salvar Sai estava bloqueado. Eponi já havia decidido salvar seu amigo, então recuar agora não era uma opção - pilotos tinham que se ater a um caminho uma vez escolhido, duvidar levava a acidentes - mas ela também não podia exatamente lutar contra uma dúzia de guardas. O que significava uma negociação.

— Salvem ele — disse Eponi, alto e claro para o grupo armado que observava Sai nas telas ao lado da porta. — Não deixem ele morrer.

Um guarda, ostentando um quarteto de triângulos azuis

nos ombros, deu um passo à frente de todos os outros às palavras de Eponi, encarou-a, e tudo que Eponi pôde fazer foi repetir seu pedido para aqueles olhos cobertos de preto e rosto escondido.

— O que ele é para você? — respondeu o guarda.

— Um amigo.

As palavras provocaram os outros guardas a sacarem seus rifles, mirando nela, mas o líder ergueu uma única mão. Eponi olhou ao redor, certificando-se de que nenhum dos guardas estava prestes a atirar, e então continuou.

— Fomos enviados aqui para encontrar alguém. Nosso esquife caiu por acidente.

Eponi não mencionaria os guardas mortos, os outros lá na base. Não parecia inteligente.

— Isso não é um motivo para salvá-lo — respondeu o guarda. — Isso é um motivo para matá-lo.

— E se pudéssemos ajudar vocês? — replicou Eponi. — Não somos os únicos vindo para cá.

— Fale, então.

— Não até vocês o trazerem para dentro.

O guarda ficou parado. Sem dúvida fazendo cálculos em sua cabeça. Eponi poderia estar dizendo a verdade, caso em que matar uma boa fonte de informações seria uma escolha terrível, ou ela poderia estar mentindo, caso em que eles poderiam simplesmente matá-la depois.

— Vocês não têm nada a perder — Eponi cutucou o guarda um pouco. — Estou desarmada. Ele não vai lutar contra todos vocês.

Eponi não tinha certeza sobre essa última parte, mas ela tinha que tentar.

— Você quer que salvemos seu amigo? — disse o guarda. — Tudo bem. Então faça ele vir aqui. Vamos garantir que ele seja cuidado, depois você vai dizer tudo o que sabe. Se não for muito bom, então vamos matá-la aqui mesmo.

— Fechado.

Então eles nocautearam Sai. Eponi os xingou até que um dos guardas ameaçou nocauteá-la também, então ela parou, seguiu enquanto eles tiravam Sai da antecâmara da sala. Toda vez que Eponi tentava fazer uma pergunta, tentava protestar, um dos guardas mandava ela calar a boca. Isso não a impedia realmente, mas também não conseguia nenhuma resposta para Eponi.

Quando chegaram aos elevadores centrais, os guardas chamaram dois. O primeiro abriu e, depois de expulsar todos que estavam dentro dele, os guardas arrastaram Sai para dentro. Quando Eponi começou a se juntar a ele, dois outros guardas a seguraram. Deixaram as portas se fecharem, deixaram Sai desaparecer.

— Você vai cumprir sua parte do acordo — disse um dos guardas. — Você vai subir. Parece que alguém quer ouvir o que você tem a dizer.

Aquela pessoa, depois que os guardas conduziram Eponi por um pequeno saguão, passando por um assistente que observava Eponi com uma curiosidade quase zoológica — um espécime de outro mundo? —, revelou-se ser outra pessoa em um jaleco branco, mas este adornado com triângulos dourados em vez de azuis ou prateados. A figura se levantou quando Eponi entrou na sala hexagonal, onde todos os lados, exceto o que levava de volta ao saguão, eram janelas em vez de paredes. Dynas, com a luz branca estelar do dia inclinando-se para a noite, estava exposto para Eponi ver por alguns quilômetros até a vista encontrar aquele gás amarelo-mostarda. Nada claro além disso.

Os outros guardas que a acompanhavam recuaram, saindo da sala, deixando Eponi — ainda em seu uniforme roubado, embora sem nenhum dispositivo — sozinha com a nova personagem.

— Não posso dizer que você tem uma vista maravilhosa daqui — começou Eponi. Ela perguntaria sobre Sai em um segundo, mas queria ter uma ideia de como essa pessoa operava. Tinha que aprender o ofício antes de poder voar. — Dynas não é um planeta bonito.

A mulher a observava. Uma mesa central, coberta por vários monitores que se dividiam no meio para mostrar duas cadeiras de aço sem adornos, constituía as únicas outras características da sala. Ela não se sentou em seu lugar, mas andava de um lado para o outro na extremidade oposta da sala, sempre mantendo os olhos em Eponi.

— Você, ahn, fala? — perguntou Eponi após vários segundos de silêncio. — Fala o idioma comum?

Uma pergunta absurda, porque ninguém poderia comandar uma cidade como esta sem falar a língua de todos, mas o que mais Eponi deveria fazer? Ficar parada ali?

— Eu falo — respondeu a mulher, sua voz em um tom baixo e musical. — Também peço desculpas a você.

— Desculpas?

— Porque você e seus amigos foram enviados aqui para morrer.

— Essa é uma declaração e tanto.

A mulher ficou olhando, ou pelo menos Eponi achou que sim. Ela poderia estar conversando através de algum transmissor com outras pessoas fora da sala. Poderia até ser uma isca — Sever já tinha visto isso antes, líderes que escolhiam algum otário para levar os tiros enquanto falavam por trás da cortina.

Eponi decidiu pegar uma das cadeiras, já tinha andado o suficiente.

Em vez de se sentar, Eponi deslizou a cadeira da

esquerda para que ficasse diretamente voltada para a da direita, e então se esparramou nela. Deixou suas pernas descansarem na cadeira oposta, como se esta conferência estivesse acontecendo em um resort à beira-mar com margaritas, em vez do topo de uma torre da perdição em um mundo maldito.

— O que você está fazendo? — disse a mulher quando Eponi completou seu arranjo.

— Você disse que vamos morrer — respondeu Eponi. — Achei que poderia aproveitar o momento.

— Eu... não imediatamente — disse a mulher. — Eventualmente. O que estamos fazendo aqui vai-

— Eu sei. Doenças. Vocês estão todos fazendo um monte de germes para guerra ou algo assim. Não me importo. O que eu quero é meu amigo de volta e uma nave para nos tirar deste mundo.

— Você acha que pode fazer exigências?

Eponi inclinou a cabeça para trás, olhando ao redor da borda da cadeira em direção à mulher. — Certamente. Ou você me dá o que estou procurando, ou quando o resto dos meus amigos chegarem, tudo isso vai explodir. Sua torre? Destruída. Cidade? Destruída.

A mulher riu, mas o som saiu confuso, uma tentativa de disfarce. — Você precisaria de um exército.

— Já ouviu falar da DefenseCorp? Se você nos machucar, eles virão correndo. Acredito que a frase seja 'bombardear do espaço'. — Eponi estendeu a mão, inspecionando suas unhas. Arranhadas até o osso depois do acidente com o esquife. — Ou você me dá o que estou pedindo, ou você está acabada. Simples assim.

Eponi tinha visto Aurora soltar a bomba da DefenseCorp antes. Mesmo que algum senhor da guerra aleatório ou figura rebelde pensasse que tinha vantagem sobre Sever, a ameaça da inevitável vingança da DefenseCorp — a DefenseCorp há muito sustentava que permitir que alguém obtivesse uma vitória sobre suas forças seria ruim para os negócios, e retaliava contra qualquer agressão com extremo prejuízo — tendia a fazer os monstros raivosos pararem de espumar pela boca e miar como um filhote.

Esta mulher, no entanto, não captou a dica como era pretendido. Ela, em vez disso, caminhou até Eponi e olhou para ela, com as mãos soltas ao lado do corpo.

— Ninguém virá salvá-la aqui, criatura perdida — disse a mulher. — Você está fora da borda galáctica, e a única coisa que resta é cair.

TRINTA E CINCO

O PORQUÊ

O bonde deslizava sem o menor solavanco, com um zumbido constante. As paredes próximas do túnel não ofereciam nenhuma vista. Rovo observava as paredes, observava Gregor encarando essas mesmas paredes, e observava Aurora observando os dois. Os assentos do bonde permaneciam encostados nas laterais, deixando o meio da cabine aberto para, Rovo suspeitava, qualquer armadura mais pesada, veículos ou equipamentos que fizessem a viagem.

— Você está se aguentando, novato? — perguntou Aurora.

Que pergunta. Ele quase morrera várias vezes nas últimas horas, fora perseguido por uma base por guardas hostis e quase devorado por uma besta bacteriana faminta. Mas Rovo não estava berrando de loucura, não estava disparando seu rifle para todo lado, nem se encolhendo numa bola e chorando, então...

— Sim? — Rovo tentou.

— Para missões de invasão, esta não é das mais fáceis — disse Aurora. — A minha foi um simples ataque de nave para nave. Acabamos com um grupo de contrabandistas. Me fizeram chutar os que ainda estavam vivos para fora da própria escotilha.

— Isso é... brutal.

Aurora se inclinou para frente, um movimento que, na armadura, envolvia tantas partes se movendo e se encaixando que parecia que Aurora tinha mil ossos quebrados.

— A DefenseCorp não anuncia esse elemento — disse Aurora. — Eles não te contam que matar se torna parte do seu dia a dia uma vez que você está num esquadrão como o Sever. Mas eles te testam, mesmo quando você não está pensando nisso. Todo mundo que entra aqui, segundo eles, é um assassino.

Rovo não conseguia se lembrar de quantos guardas ele havia atingido com seu rifle na corrida inicial para a base, se os dois que ele nocauteara no escritório haviam morrido depois. Sangue já podia estar em suas mãos, mas, como Aurora disse, você tinha que ser um assassino para entrar no Sever. Ele não diria que gostava da sensação de saber que havia apagado vidas, mas, pelo menos agora, isso não pesava sobre ele.

— Você acha que sou um assassino? — Rovo perguntou a Aurora.

— Eu acho que você é capaz disso, que é o que você precisa ser — disse Aurora. — Quando você chegar ao ponto em que está matando por diversão, é aí que as coisas ficam perigosas. Se você alguma vez arriscar a missão ou o esquadrão porque ficou sedento demais por sangue, é aí que você está acabado.

— Acho que vou ficar de olho nessa linha. — Rovo olhou para as próprias mãos, como se elas pudessem lhe dizer onde estava essa linha, o quão perto ele estava de acionar o interruptor do maníaco homicida. Ele já estivera perto uma vez.

— Ainda não entendo por que deixamos Felix vivo?

— Porque a missão tem prioridade — respondeu Aurora. — Eu queria acabar com ele, depois do que ele fez, mas parte de estar nesse jogo é entender por que você o joga.

— Por que você o joga?

— Não sei quanto a você, Rovo, mas eu não estou caçando monstros em mundos distantes por alguma causa nobre. Eu quero a grana para poder sair, me afastar de tudo isso e nunca mais ter que fazer isso de novo. Completamos a missão, somos pagos. — Aurora olhou para frente, e embora Rovo não pudesse realmente ver seus olhos através da viseira, ele achou que ela olhou em sua direção. — Por que você está aqui, novato?

Rovo tinha razões de sobra, mas todas se resumiam a uma: tédio. Isso parecia patético demais para dizer.

— Eu precisava provar que eu valia mais — disse Rovo. — Que eu podia fazer mais do que apenas preencher papelada, passar recados.

— Atirar em desconhecidos em Dynas é prova disso?

— Ainda não.

— Bem, quando você descobrir o que é, então poderá decidir se deixar Felix vivo se encaixa no seu porquê — disse Aurora. — Se não encaixar, e estivermos bem na missão, você pode tentar voltar aqui, terminar o serviço. Gregor pode até ir com você. Ele tem um fraco por destruir coisas.

— Você acha que ainda vamos vencer? A missão? Eponi e Sai se foram, e nem sabemos para onde essa coisa está nos levando.

— Estamos vivos, Rovo. Temos nossas armaduras, a maioria de nossas armas, e um inimigo que não sabe que estamos chegando — respondeu Aurora. — Difícil pensar em um começo melhor. Sai e Eponi ou estão vivos, e os resgataremos se estiverem, ou não estão, e garantiremos que quem os matou pague o preço.

— A menos que seus assassinos valham mais para você mantidos vivos.

— Certo. — Aurora não parecia nem um pouco triste ao fazer essa afirmação. — O porquê, Rovo. É isso que mais importa.

O porquê. Claro. Talvez Rovo descobrisse um mais profundo até sair de Dynas.

Se ele saísse de Dynas.

O porquê não importaria muito se ele não saísse.

O ESQUADRÃO SEVER foi resgatar um VIP desaparecido. Agora eles estão separados, caçados e presos em um planeta cheio de pessoas, e pior, que querem vê-los mortos.

Continue a aventura do Esquadrão Sever em *Ataque Helicoidal*:

AGRADECIMENTOS E NOTA DO AUTOR

Sever Squad e seu alegre bando de soldados em busca de fortuna surgiram como um contraponto a algumas das minhas outras obras de ficção. Essas histórias são mais diretas, mais focadas na ação, uma espécie de descompressão entre trabalhos mais longos e complexos. Penso em *Sever Squad* como os blockbusters de verão em comparação com os filmes de Oscar do outono: muito divertidos e um bom limpador de paladar.

É também uma oportunidade de expandir um pouco minha escrita, de abordar um gênero ligeiramente diferente e personagens com um background diferente do que fiz antes. Há diversão em estender as asas.

Embora este primeiro livro apresente Aurora e companhia, você descobrirá que as sequências os desenvolvem, expandindo seus mundos de maneiras que eu certamente não planejava quando comecei esta série. Estou animado para ver onde eles vão parar e espero que você continue conosco nessa jornada.

Como em qualquer história, *Drop Zone* veio à existência graças ao apoio da minha família e amigos, sua disposição interminável de me impulsionar adiante. Um desses amigos, Joel, a quem você verá este livro dedicado, caminhava comigo para a escola nos nossos anos de jardim de infância. Nossos dias passados em aventuras pelos quintais e encostas arborizadas no norte de Wisconsin ainda ecoam pelos parágrafos que escrevo hoje.

Espero que você goste do resto de *Sever Squad*, e nos vemos após a virada da página.

SOBRE O AUTOR

A.R. Knight cria histórias em uma casa gelada em Madison, WI, basicamente dominada por dois gatos. Depois de ser engolido pela rotina do trabalho durante a crise econômica de 2008, ele se viu em reuniões entediantes voando pelo espaço e vivendo grandes aventuras.

Eventualmente, dedicando-se a podcasts, roteiros, contos e outros romances, ele encontrou uma história na qual poderia se perder e um elenco de personagens ao mesmo tempo divertidos e cheios de coração.

A.R. Knight planeja saltar para outros mundos e encontrar novas histórias para contar nas fronteiras ilimitadas de nossa imaginação.

Como sempre, obrigado por ler!

Para mais informações:
www.adamrknight.com

Para Joel